AF283876

UN ARCOÍRIS
EN VICHOCUNTÍN

ExLibric

GLORIA GUILLÉN ROMERO

UN ARCOÍRIS
EN VICHOCUNTÍN

EXLIBRIC

ANTEQUERA 2025

UN ARCOÍRIS EN VICHOCUNTÍN
© Gloria Guillén Romero
Diseño de portada: Dpto. de Diseño Gráfico Exlibric

Iª edición

© ExLibric, 2025.

Editado por: ExLibric
c/ Cueva de Viera, 2, Local 3
Centro Negocios CADI
29200 Antequera (Málaga)
Teléfono: 952 70 60 04
Fax: 952 84 55 03
Correo electrónico: exlibric@exlibric.com
Internet: www.exlibric.com

ISBN: 979-13-87707-37-8
Depósito Legal: MA 542-2025

Impresión: PODiPrint
Impreso en Andalucía – España

Nota de la editorial: ExLibric pertenece a Innovación y Cualificación S. L.

GLORIA GUILLÉN ROMERO

UN ARCOÍRIS
EN VICHOCUNTÍN

Prólogo

Como dice la canción, «He muerto y he resucitado y con mis cenizas, un árbol he plantado. Su fruto ha dado y desde hoy algo ha empezado»

Desde pequeña me gustaba escribir cuentos y cosas mías que terminaban en la basura y ahora he podido realizar mis sueños y escribir este pequeño libro y poder decir: desde hoy, algo ha empezado, y que salgan todos los frutos que quiera.

Tres cosas dicen que hay que hacer en la vida: tener un hijo, plantar un árbol y escribir un libro. Me falta lo más fácil: plantar un árbol, pero será lo siguiente y, como dice la canción, será la señal de que algo ha resucitado.

Pensé escribir un poco mis vivencias y en cómo mi vida amorosa jamás funcionó, pero a esa parte había que dedicarle un tiempo y un libro entero para que pudieseis entenderme, con lo cual decidí este libro primero porque me encantan los pueblos de esa España vaciada y eran historias en las que todos los personajes, aunque ficticios, tienen un poquito de mí o de alguien cercano a mí que me han inspirado a crearlos.

Es un pequeño homenaje para todas las personas que, como yo, sean hombres o mujeres, no hemos encontrado ese amor que tantas veces soñamos, pero en algún momento sí podemos encontrar una ilusión que nos haga creer en nosotros mismos.

Este libro, en primer lugar, se lo voy a dedicar a mis padres, porque estoy segura de que, estén donde estén, estarían orgullosos de ver mi sueño cumplido, especialmente a mi padre, que le gustaba tanto la lectura y estoy segura de que hubiese sido un buen crítico conmigo.

A las dos personas más especiales que hay en mi vida y son los que me dan fuerza para seguir soñando: a mi hija y a mi nieto, para que lo guarde como un tesoro que un día su abuela le regaló; decirle a mi hija que gracias por esa paciencia, por la lata que le he dado contándole las historias, pero que tan bien me ha apoyado junto a su compañero de vida y espero que también seáis ahora buenos críticos, porque no habéis leído ni el borrador para que lo cojáis desde el principio.

A toda mi familia, a la de sangre y a las que no son de sangre, pero las siento igual de cercanas.

Finalmente, a todos mis amigos, que son los que más me han animado a hacerlo y me han apoyado siempre y estoy segura de que me dirán que les ha gustado, aunque no sea real; gracias y gracias.

Me ha costado mucho terminar el libro, lo empecé con el accidente que me retuvo en casa y, gracias a escribir, mi mente volaba y no pensaba en el dolor, pero una vez acabado el reposo, el sentarme y seguir escribiendo me ha costado coger otra vez esa constancia diaria, pero bueno, ya he podido poner la palabra «FIN», lo he terminado con mucha ilusión y solo espero que os guste y paséis un buen rato y, sobre todo, que me animéis para el siguiente.

Besos para todos.

Gloria Guillén

1

La mañana había amanecido totalmente otoñal, me estaba tomando un café observando desde la ventana el ir y venir de las hojas en ese baile que el viento suavemente sabe hacerlo.

El paisaje era precioso, bosques de un verde intenso que ya empezaba a cambiar a un color más dorado, árboles de los que van cayendo sus hojas formando alfombras de tonos dorados y marrones; acostumbrada a mi ciudad, que es totalmente lo contrario, marinera cien por cien rodeada de mar por todas partes, dos paisajes diferentes pero a cual más bonito; sin mar no puedo vivir, pero empecé a entender que me estaba enamorando de Vichocuntín, había ido de punta a punta del mapa, de Cádiz a Orense, y eran una maravilla las sensaciones que estaba sintiendo.

Estaba tan abstraída de la vista que no escuché la puerta.

—Pasa, pasa.

—Qué callada estás hoy, te hemos echado de menos esta mañana en el desayuno.

—Bajé a por un café y me subí a tomármelo viendo estas vistas que tenéis aquí tan maravillosas.

—Pues te he traído unos dulces que ha hecho mi madre que te van a encantar, te lo dejo y sigo con mis cosas.

—Muchísimas gracias, Juanita, sabes que los probaré, déjalo por donde puedas.

Juanita era la hija de la dueña; la señora doña Úrsula estaba viuda y juntas, con sus hijas, regentaban ese pequeño hotelito rural.

Cocinaba de maravilla y hacía unos desayunos y meriendas que, aunque no tuvieses hambre, solo con ese olor a bizcochos y dulces los comía sí o sí.

Tenía un horno de leña y siempre estaba encendido, así que a cualquier hora podías bajar, que siempre había algo dentro.

La cocina era un sitio superacogedor, era toda de madera, con techos de vigas y un frontal de piedra con una especie de barra que separaba la cocina de las mesas, la barra, también de piedra, hacía un rincón muy entrañable para mantener pequeñas conversaciones mientras doña Úrsula hacía sus sabrosas comidas.

El comedor era pequeño, con pocas mesas, todas de madera y asignadas a cada cliente mientras estábamos allí.

En esa época del año no había mucha gente y estaba todo bastante solitario.

Doña Úrsula dice que ahora que llega el puente de Todos los Santos se llenará un poco más.

Había solo tres clientes: Andrés, Pedro y doña Pura.

Doña Pura era una señora extremeña, ya en la madurez de la vida, que estaba allí porque practicaba mucho la meditación y le gustaba ir allí para meditar sin que nadie la molestara; había tenido muy mala suerte en su vida amorosa, pero lo llevaba muy mal y estaba un poco amargada, según decía doña Úrsula; no tenía mucha conversación en los ratos que estaba en el comedor, así que yo la dejaba tranquila.

Andrés era un tipo cuarentón y se dedicaba a la venta farmacéutica, como buen comercial era un gallego muy gracioso y con mucha verborrea. En la cena, que es donde más veces coincidíamos, me contaba todo rápidamente; la verdad es que me lo pasaba genial escuchándolo, se unían su acento gallego tan meloso y el mío gaditano, pero mi andaluz no es el cerrado que se entiende mal, así que nos quedábamos hablando largo y tendido y al final venía doña Úrsula con el orujo y ya nos retirábamos muy tarde.

Pedro llevaba allí sólo dos días y era muy reservado y todavía no había cogido confianza con el grupo y se mantenía un poco al margen.

Era muy guapo, alto, moreno y unos ojos negros con mirada penetrante que te costaba aguantar mirarle a los ojos.

Yo estaba loca porque dijese una sola palabra para entrar rápidamente a una conversación, pero se resistía y más ganas tenía yo de empezarla, a la más mínima estaría yo teniendo una charla, seguro.

2

Yo era una persona joven, pero con una madurez que van dando los años. A mis cuarenta y cinco años había tenido ya mis experiencias, fui madre muy joven, a los veinte, y el padre nunca quiso asumir esa responsabilidad, así que fui madre soltera y crie a mi hija sola. No me arrepiento para nada, porque creó un lazo de unión entre mi hija y yo que hoy día sigue igual; ella lo es todo para mí, aunque tenga su vida independiente seguimos siendo dependientes una de otra.

No volví a tener ningún contacto y me alegro, la disfruté para mí sola y ella siempre estuvo feliz y orgullosa de su madre.

Años más tarde volví a ilusionarme y tuve a otra pareja; dicha pareja me dejó muy marcada Anselmo se llamaba, y se llamará, porque por lo que sé, sigue vivo y coleando.

Me enamoré perdidamente de él, bebía los vientos y por eso no me di cuenta de la gran traición que después descubrí.

Me hablaba de que pertenecía a organizaciones humanitarias en países menos desarrollados y en Navidades se marchaba a ayudar y llevar regalos; lo hizo dos años seguidos, creo, cuando descubrí por una de las casualidades que la vida te ofrece por algo, que se había casado con una dominicana y era padre de una niña y embarazada del siguiente, imaginaos cómo me quedé, no lo asimilaba y encima yo también había aportado mucho a esa organización que, evidentemente, ¡no existía! Más tarde supe que ese dinero era para su beneficio y poder traerse a su mujer, puesto que se casó allí para traérsela para España y empezar esa vida en común.

Antes de Anselmo había tonteado con algunos, pero la más seria había sido él; se había portado muy bien con mi hija y era el novio perfecto, y el perfecto anfitrión de las fiestas.

Me dejó muy tocada porque no hacía falta mentir ni hacer sufrir a una persona, que llevábamos años viviendo juntos y se suponía que había amor entre nosotros. Hubiese bastado con decir la verdad y no hubiese pasado nada; cuando el amor se va, pues se va, y nadie puede obligar a que se quede; el amor no es para siempre en muchas ocasiones.

Me refugié en mi trabajo, yo era psicóloga y esa fue mi válvula de escape, la consulta y mis pacientes. Allí me sentía bien contenta con mi trabajo y arropada por mis amigos.

De esta historia habían pasado ya tres años, pero aún me dolía mucho; pero como buena Leo que soy, no estaba dispuesta a tirar la toalla y resignarme a no encontrar el amor de verdad.

No vine a Vichocuntín a buscarlo, por supuesto, pero sí buscando paz y tranquilizarme un poco con mi interior.

Somos una familia de chicas y estaba disgustada con la mayor, pienso que malentendidos fueron deteriorando esa relación y necesitaba estar sola y pensar en muchas cosas y de paso hacer un poco de turismo por la zona.

Estaba un poco saturada de la consulta y, aprovechando que mi hija estaba también de vacaciones con su pareja, era el momento preciso para desconectar y relajarme, que falta me hacía.

Llevaba allí una semana y todavía no había ido a ningún sitio, porque estaba fascinada con los paisajes y sus gentes.

Me encanta el mundo rural, y amigas y compañeras de carrera, cuando llegaba algún puente o fin de semana, decían: «Me voy a mi pueblo»; y las palabras «a mi pueblo» serían una tontería, pero me encantaban, y fui creciendo y yo quería un pueblo para mí. Empecé a oír «la España vaciada» y que había pueblos que se habían quedado abandonados, todos los habitantes habían tenido que marcharse a buscarse la vida y, claro, esos pueblos se estaban vendiendo.

Empecé a buscar en internet y, efectivamente, se vendían y se compraban, claro.

Yo ya me imaginaba dueña de un pueblo, el Ayuntamiento para mí, por supuesto, pero claro, qué hacía yo en un pueblo vacío. Lo primero que debe tener un pueblo es un bar, sin bar no existe un pueblo; es el sitio donde se conocen a las personas, las mejores conversaciones, reuniones y las mejores copas que uno se puede tomar, rodeados de personas entrañables.

También había otro problema: ya no había ni luz ni agua y todo estaba medio tirado, así que decidí no comprar, eran de buen precio pero ponerlo en marcha ya era una millonada.

Ya no había pueblo, así que por ahora me conformo con visitar los más pequeños y disfrutarlos.

Cuando termine mis experiencias rurales, escribiré mi historia.

Estaba segura de que después de pasar aquí un mes, repetiría en las siguientes vacaciones en otro lugar similar a este.

Vichocuntín lo elegí al azar, buscaba pueblos pequeños y vi fotos de este; estaba entre Pontevedra y Orense, y era una zona que conocía y me había gustado.

Empecé a ver fotos y sentí como una especie de atracción; tenía que venir porque el destino me estaba tocando con su varita mágica y me empujaba a este lugar.

Soy una apasionada de la serie *Outlander* y vi en una de las fotos que había unas piedras, no iguales a las de la serie, pero similar, porque eran como puertas, y eso fue lo que me embrujó y me hizo decidirme finalmente y seguir la llamada; igual me volvía a Cádiz de la misma forma que había llegado, pero estaba segura de que algo iba a cambiar y había que intentarlo.

3

No sabía cuándo iría a visitar las piedras y la aldea, pero sí estaba dispuesta ese mismo día a empezar una charla con Pedro, si él me dejaba, por supuesto.

Probé esos maravillosos dulces que doña Úrsula había cocinado, me arreglé y bajé al comedor.

Por las escaleras me encontré a Juanita, que, junto a su hermana Regla, mantenían el negocio; lo cuidaban como a los bebés, lo mantenían totalmente y no le faltaba ningún detalle. Estaba situado en una aldea cercana entre Vichocuntín y Orense, con lo cual había que utilizar coche para todo.

Villa Violeta, que así se llamaba el hostal, era negocio familiar y todo a cargo de ellas y dos empleadas más que ayudaban durante el día.

Al entrar en el comedor vi en los fogones a doña Úrsula.

—Buenos días, doña Úrsula.

—Buenos días, Alma. ¿Has descansado?

—Perfectamente. Aquí da gusto dormir sin un solo ruido y despertar escuchando los pajaritos. Donde yo vivo es una locura, mi habitación da justo a una avenida. Se puede imaginar el ruido del tráfico desde bien entrado la mañana.

—Por esa parte, Alma, puedes estar tranquila, porque aquí ruido de coches vas a escuchar poco.

—¿Qué estás guisando hoy?

—Hoy vamos a comer, como la mañana está más fresca, un pote gallego y pulpo al estilo *feira*.

—Ummmm, qué buenooo. Doña Úrsula, ¿has vistos a los chicos esta mañana?

—El señor Andrés se marchó pronto esta mañana y el señor Pedro no ha bajado todavía, le llevó Juanita el desayuno a la habitación y doña Pura ya está paseando por la aldea, que ya sabes que le encantan estar cogiendo hierbas para sus estudios.

Me quedé un rato más hablando y, viendo que eran más de las doce, me marché pensando qué haría esta mañana. Hasta las dos que era la hora de la comida tenía tiempo de dar un paseo.

Subí a la habitación a coger una sudadera y el móvil, que no me apetecía llevármelo pero no quería dejarlo por si me tuviesen que llamar y no me gustaba ir aislada del mundo, que es como nos sentimos cuando nos falta el móvil.

Desde que había llegado al hostal, mis salidas habían sido muy escasas; me había dedicado a estar tranquila y pensar un poco en mí y volvía a leer mi libro favorito, *Los Pilares de la Tierra*, que me fascinaba.

Hoy decidí dar un paseo, así que cogí el coche; me había venido conduciendo desde Cádiz haciendo paradas, por supuesto, pero así tenía libertad de movimiento, podría salir cuando yo quisiera.

Lo puse en marcha y, sin pensarlo, cogí camino de Vichocuntín.

Vichocuntín estaba muy cerca de Pontevedra y más cerca aún de Villa Violeta.

Se encontraba metido dentro del bosque y no había acceso directo para entrar con el coche, con lo cual debía buscar el sitio más cercano para dejarlo un sitio por el cual podría ir andando, así que lo dejé y, decidida, empecé a andar.

Fue empezar a caminar y volví a sentir esa sanción de atracción, como si me empujaran hacia el centro del bosque.

Había cogido por el sendero y me llevaba directamente a la aldea; esa aldea se quedó totalmente vacía hacía muchísimos años. Por diferentes causas se habían marchado y los últimos habitantes habían muerto.

Llegué a la media hora más o menos de ir caminando, era un espectáculo ir entrando; el color de esa vegetación tan verde mezclado con los tonos dorados de ese otoño que teníamos ya encima.

No se oía nada, daba hasta miedo estar por allí, solo se oía el crujir de las hojas a mi paso. Lo primero que apareció yo pienso que era un hórreo; debía de haber sido muy grande, porque estaba medio derrumbado, pero lo que quedaba en pie era aún grande, estaba casi todo recubierto de vegetación y las pocas piedras que se veían el musgo las cubría como un gran manto. Siguiendo el camino había casas, pero en las mismas condiciones todo; el pasillo que había por medio estaba con muchas piedras y ramas caídas y raíces de los árboles que habían salido hacia la superficie. Era una maravilla ver ese panorama, era una mezcla fascinante, parecía como sacado de un libro de cuentos. Pensaba que de un momento a otro saldría de aquella cantidad de musgo algún gnomo y se pondría a cantar a mi alrededor.

Me encontré justo enfrente de mí una casa que se mantenía un poco en mejor condición, pero no se veía nada de piedra, era todo vegetación y en las ventanas se mantenían los cristales intactos, pero rodeado de muchísimas ramas y era imposible ver el interior. Era la auténtica casa del cuento de

Hansel y Gretel y me dio un escalofrío de pensar que la bruja aparecería por allí.

Así que me di la vuelta para macharme a coger el coche, al día siguiente haría otra visita.

y empezamos a ponernos un poco «picantonas», a la extremeña lo que le faltaba era alguien que la acompañase.

Al final me dijo que entró en el crucero sin tener pareja y salió igual, me dio vergüenza preguntar si entró entera y salió entera… eso lo dejaría para la siguiente charla.

Con la charleta, la tarde se pasó rápida y nos retiramos, pero antes prometí que le buscaría un novio en las vacaciones.

—Alma, déjate de tontería que ya se acabó el buscar. Me voy, que me tienes loca esta tarde.

—Ya verás, Pura, ya verás.

Me fui riéndome para arriba y pensando que ya doña Pura se había convertido en Pura a secas.

Al entrar en la habitación, el sol se estaba ocultando, y si las mejores puestas de sol son las de mi Caleta, estas no tenían que envidiarle.

Abrí la puerta de la terraza y era digna de contemplarla, sentarte y disfrutarla. Días atrás había estado el tiempo muy nublado y no la había podido disfrutar como ese día.

La terraza, al igual que el hostal, era de madera y barandilla igual, solo tenía planta baja y la planta primera, donde estaba las habitaciones. Mi habitación daba de frente a la montaña, tenía unas vistas preciosas, los árboles rodeaban toda la casa, la temperatura era magnífica, así que me senté fuera y disfruté.

Estaba contenta con el día, había ido a Vichocuntín y me había comido un platazo de pote gallego que estaba hasta arriba todavía; lo único para terminar ese día tan bonito sería el encontrarme por la noche con Pedro, que parecía que se lo había tragado la tierra.

Lo que quedaba de tarde la pasé en la habitación contestando a mis correos y wasapeando con mis amigas, que les iba contando mis experiencias.

No tenía hambre ninguna, así que me relajé y esperé a bajar a última hora.

Doña Úrsula tenía una cantidad de aperitivos preparados a cual más rico y, como siempre, había un olor increíblemente bueno.

El comedor estaba vacío, pero había una cara nueva sentada en un rincón. Me cogí un trozo de empanada y una copa de vino y me senté; no tenía mucha hambre, pero la verdad es que me lo comí en un momento, creo que era por la curiosidad por saber quién era este chaval por lo que me lo comí tan rápido.

Lo observé largo y tendido, no se daba cuenta de que yo lo miraba, estaba totalmente en lo suyo; comía con mucha hambre y todo lo que Juanita le ofrecía él decía que sí.

Aparentaba no más de treinta años y, aparte de esa hambre, tenía cara de mucha preocupación. Me di cuenta de que tenía los nudillos de la mano derecha con moratones y en una ceja un pequeño corte, estaba claro que algo le pasaba al chaval.

Llevaba ropa de caminante, así que por algo se había desviado para llegar al hostal, porque no era sitio de paso de caminantes.

Al rato ya me iba a marchar cuando llegó Andrés, por lo menos alguien con ganas de hablar había llegado.

—Buenas noches —nos dijo con ese tono suyo que, con el silencio que había, parecía que había dado un grito.

El chaval contestó tímidamente y yo le hice señales para que se sentara en mi mesa.

—¿Qué tal, Andrés? ¿Cómo te ha ido tu día de trabajo?

Me estuvo contando que había visitado los centros de salud de la zona, ya os dije que era comercial de un laboratorio y llevaba toda Galicia, así que solía trabajar cada semana en un sitio;

él tenía su casa en Vigo, pero prefería hacerlo así y ya no volvía hasta el mes siguiente.

Era más o menos de la misma edad que yo, me había contado que estaba casado y era padre de unos mellizos de seis años; a pesar de su alegría le notaba cabizbajo, algo le había pasado.

Yo tenía la impresión de que su matrimonio no funcionaba bien, pero no le iba a preguntar, por ahora.

Le hice señas para que mirase al chaval y se fijase en él, a ver si se daba cuenta y después comentaríamos.

Estuvimos fijándonos bien en él y él hacía como si no se diese cuenta de que lo estábamos observando.

Cuando terminó de cenar se levantó y, antes de marcharse, se despidió educadamente de nosotros.

—Hasta mañana y buenas noches.

—Hasta mañana —le contestamos.

Nos quedamos tomando un orujo, pero nos retiramos pronto porque estaba segura de que algo le pasaba a Andrés.

Mañana sería otro día.

5

El día siguiente amaneció otoñal, pero con un cielo totalmente despejado y un azul que pocas veces se veía allí.

Estuve un rato sentada en esa terraza mirándolo todo para tenerlo siempre fijo en mi retina, daba gusto estar mirando las noticias tan tranquila allí y tan relajada.

Me llamó mucho la atención leer que había habido una gran bronca en el camino de Santiago, no muy lejos de esa zona; no había pasado nada grave en el incidente, pero resultaba raro que, haciendo el camino, donde todo el mundo confraterniza y se hacen amigos para siempre, surja una discusión tan gorda.

Dejé las noticias y me metí en la ducha para vestirme y bajar a desayunar.

El comedor volvía a estar vacío, o bajaban muy tarde o muy temprano, porque los desayunos los hacía sola siempre.

Doña Úrsula me vio llegar y enseguida me trajo el café.

—Buenos días, Alma, ¿qué tal la noche? Hoy hace un día más primaveral que otoñal así que lo puedes disfrutar.

»Te voy a traer un surtido, que acabo de hacer un bizcocho que está de lo más sabroso y esponjoso.

—La verdad que no se lo voy a despreciar, cuando llegue a mi tierra me tendré que poner a dieta severa.

—Anda, anda, mi niña, come, que el invierno es muy largo y hay que comer por si acaso.

Yo pensé qué más daba que el invierno fuese más largo para comer más; me sonreí, pero no le dije nada.

La verdad es que me comí todo lo que me había traído, me había levantado con hambre y todo estaba tan bueno que me daba pena dejar nada, porque llevaba razón en que esos desayunos no los haría cuando llegase a casa.

Me puse a pensar en lo que haría esa mañana y mi plan era volver otra vez a Vichocuntín y seguir explorando, pero esta vez ya iría más segura y tranquila.

Dejé el coche en el mismo sitio y empecé a caminar; la verdad que solo introducirte en ese bosque ya era como si estuviese en un jardín mágico donde todos los personajes de cuentos aparecerían en cualquier momento.

Una vez que pasabas el hórreo de la entrada, el camino se bifurcaba y el día anterior cogí el camino de la izquierda, así que hoy cojearía el de la derecha.

Iba tranquila, ya no tenía esa sensación de que había ojos mirándome por todos los sitios, ahora iba disfrutando de esa maravilla, te imaginabas cómo allí hacía muchos años había tenido vida, veías esas casas y escuchabas las risas de los niños y a los mayores hablando alrededor de una chimenea. Dónde estarían; por los años, era una pregunta tonta, porque ya todos habían desaparecido, no había nada, solo quedaba la esencia de lo que había sido y que ojalá nunca se destruyese del todo y las nuevas generaciones lo cuidasen.

Estaba sentada en un escalón de una de las casas y tan absorta en mis pensamientos que no me di cuenta de que a lo lejos, sentado no sé dónde, me parecía ver al chico del hostal. Cogí mi mochila y decidí acercarme.

El ruido de mis pisadas con las hojas secas le hizo mirar hacia atrás y verme.

—Hola, buenas, soy Alma y creo que te hospedas en el mismo sitio que yo, porque anoche te vi cenando.

—Sí, si ya me di cuenta de que me mirabas fijamente. Soy Juanjo, encantado de saludarte.

—Se notó mucho que te observaba entonces. Llevo aquí una semana y no hay muchos clientes, así que todo rostro nuevo se coge con mucha alegría, pero si te molestó, te pido disculpas.

—No te preocupes, totalmente normal. Y además estaba comiendo como un ogro, traía un hambre atroz y tenía ojos solo para la comida, y encima es que estaba todo delicioso.

—¿De dónde eres, Juanjo?

—Soy de un pueblo de Zaragoza, de Caspe.

—Mira, igual el nombre del pueblo que el del fantasma de la película infantil.

—Me lo dicen cada vez que digo el nombre de mi pueblo, pero no se escribe igual.

—¿Qué haces por aquí?

—Salí a dar un paseo y me encontré que se podía entrar aquí y entré a echar un vistazo, estaba cansado y me senté a contemplar y a pensar un rato.

Se quedó en silencio y supuse que no quería seguir hablando, así que yo hice lo mismo y me quedé sentada a su lado.

Siempre me había pasado lo mismo, no sé si la gente me veía con cara de confesarse o no sé lo que pasaba, lo cierto es que terminaban al final sin preguntar mucho contándome sus cosas.

Pues lo mismo me paso con Juanjo, que, despúes de un rato callados, se puso a hablar.

«¿Tienes novio?», me preguntó directamente, le contesté que no y le hice un pequeño resumen de mi última relación.

«Tú también vas lista», me dijo, y ya supuse que algo le había pasado con algún amor.

El silencio volvió y al cabo de un rato me preguntó:

—Alma, ¿qué harías si tus mejores amigos te fallan en lo que más puedes querer?

—Pues no se la verdad, todo dependería de lo que hubiese pasado, creo que todo tiene una explicación y también se puede perdonar mucho y no vivir con rencor.

Al decir esto se giró hacia mí, y con una carita de niño pequeño se puso a llorar; lo sentí en ese momento tan desvalido y tan joven que sentí tanta ternura hacia él que cogí y le di un abrazo para que se desahogara lo que quisiera.

Una vez que lloró se quedó más tranquilo y sus ojos solo suplicaban amor y compresión y comenzó a hablar.

Juanjo venía de Caspe y tenía veintisiete años, era un crío al lado mío la verdad. Caspe es un pueblo que pertenece a Zaragoza. Como toda esa zona, no era muy pequeño, tenía unos diez mil habitantes y era un pueblo más o menos rico y con mucha vida.

Sus padres eran dueños de unos de los mejores restaurantes de allí y, por lo tanto, había llevado siempre una buena vida; educado en el centro privado de allí hasta que empezó sus estudios en Zaragoza, donde actualmente estaba preparándose el MIR. Había estudiado medicina y su ilusión era ser cirujano cardíaco; y se volvía a presentar para sacar la nota que se necesitaba.

Su mejor amigo desde pequeño también quería ser médico, pero había repetido algún curso y ahora se estaba preparando también el MIR, pero él por primera vez, y no tenía claro a lo que quería dedicarse.

Conocieron a sus respectivas novias en la facultad, ambas eran de Zaragoza y casualmente también se conocían desde pequeñas.

Hicieron un cuarteto desde el primer curso, empezaron como amigos que se iban de cervezas y como ellos compartían piso de alquiler, pues con el tiempo cogieron confianza y al final estaban juntos todo el día, compartían todo e incluso los fines de semanas organizaban comidas típicas en el piso. Juanjo había heredado la vena familiar y cocinaba muy bien, ellas estaban allí todo el día, iban a sus casas a dormir solo.

Con el tiempo, esa amistad se convirtió en amor, primero fue Antonio quien se enamoró de Eva y al quedarse Juanjo como amigo de Sonia, de tantas conversaciones pues terminaron dándose el primer beso y más tarde empezaron una relación.

Los amigos, que se habían distanciado un poco porque uno tenía novia y el otro no, se volvieron a unir fuertemente otra vez.

Se hicieron superinseparables y estaban de lo más a gusto; las chicas se contaban sus cosas y mientras los chicos veían fútbol o hacían partidas de juegos con la Play. Todo era genial y por esa razón sabían que eso no podía ser duradero, porque una vez que escogiesen especialidad no podrían hacerla todos juntos en el mismo hospital. Así que como los exámenes del MIR eran a finales de enero o principio de febrero, decidieron hacer el Camino de Santiago, de esa forma lo harían a modo de despedida por posible separación.

—Cogimos un autobús dirección Zamora para empezar desde allí, haríamos rutas no muy largas para disfrutarlo, tampoco teníamos mucha prisa por llegar a besar el santo.

Cuando nos dimos cuenta, era la hora de comer y decidimos irnos y ya continuaría la historia.

Tampoco quería que se agobiara, porque la historia lo estaba emocionando mucho.

—Venga, Juanjo, vámonos, tengo el coche cerca y así nos vamos juntos.

—Tendrás la cabeza loca de todo lo que estoy hablando.

—No te preocupes, que mañana te va a tocar ti escucharme.

Nos empezamos a reír y nos fuimos a coger el coche.

Llegamos y ya no quedaba nadie en el salón, así que doña Úrsula nos dio cinco minutos para que bajásemos.

Comimos de maravilla, como siempre, y no volvimos a hablar del tema; me dijo que al día siguiente seguiríamos nuestra excursión.

Se subió a su habitación y yo me quedé allí un rato, tomándome mi menta poleo con chorrito de anís que, según decían, era lo más digestivo que había para después de una buena comida.

Al rato apareció Pura con un manojo de hierbas en la mano y se sentó conmigo.

6

Pura se había levantado muy temprano y se había ido a Orense, que no conocía y se fue de turismo.

Era fanática del marisco y se quedó allí comiendo unos buenos mejillones y un buen centollo.

—Pura, pedazo de homenaje que te has dado hoy.

—Tenía muchas ganas y tengo que repetir más veces, ya sabes que en mi tierra no hay marisco, lo poco que viene es de fuera, claro.

—Hombre, en tu tierra unas gambas de Sanlúcar no creo que las encuentres. ¿No te has tomado una copita de Albariño?

—Una copa no, casi una botella. —Y empezamos a reírnos.

Había vuelto hacía ya un rato y se paró en un bosque que vio cuando salió de Orense, y había cogido unas hierbas.

Había encontrado dos clases diferentes y, según doña Úrsula le había dicho, una era cola de caballo, que se usaba como infusiones para eliminar líquidos, y la otra era diente de león, que también se usaba como infusión y servía para eliminar líquidos y para los dolores de reuma.

Así que le iba a buscar tarros para llevárselo a su tierra, estaba supercontenta de su hallazgo.

—Puri, una pregunta, ¿qué haces aquí sola?

—Pues ya somos dos las que estamos solas. —Y empezó a reírse—. He venido buscando tranquilidad y un poco de paz conmigo misma, que me hace falta.

Nos pedimos un orujo y me empezó a contar. Todos tenemos un momento en la vida que contamos cosas a personas que no conocemos de nada, bien sea porque lo necesitamos o simplemente porque sabemos que no la vamos a volver a ver más y nos da un poco igual lo que piensen de nosotros.

Yo creo que Pura venía muy contenta y fue el momento justo para hablar.

Ella tenía cincuenta y ocho años y llevaba trabajando desde muy joven. Entró en el centro comercial y había ido rotando de tienda en tienda y, pasados los años, había demostrado su valía profesional y había llegado a ser la jefa de personal de dicho centro.

A los pocos años de estar trabajando conoció a un chaval, ella se enamoró perdidamente de Pepe, él trabajaba allí también, y poco a poco se hicieron novios.

Pura era una mujer educada a la vieja usanza y su familia era tradicional, boda por la iglesia, traje blanco y, por supuesto, un noviazgo y su clásica pedida de mano. Pepe estaba dispuesto a todo, porque, según él, estaba también muy enamorado de ella.

Iban a fijar la fecha de la pedida para poner también fecha para la boda cuando él le dijo que había aceptado un trabajo en Barcelona. Él llevaba la parte de mantenimientos y lo mandaban a otro centro igual para que llevase la puesta en marcha de dicho centro, le pagarían más y el tiempo que durara le pagaban un piso y sus dietas; por supuesto, aceptó encantado y diciéndole que un año pasaba rápido y así tendrían más dinero para la boda, e incluso para la entrada de un piso.

A Pura le dio mucha pena pero entendía que merecía la pena esperar un poco más. Al principio la llamaba todos los días, luego cada dos días, luego cada tres, hasta que durante una semana dejó de llamar; ella empezó a preocuparse y era bastante prudente y no quería llamar a donde se alojaba, hasta que se decidió y llamó, le dijeron que Pepe ya no se hospedaba allí que se había ido hacía unos quince días.

No se lo esperaba y como no había móviles en esa época, por más que preguntó, nadie le dio respuestas, con lo cual se quedó totalmente hundida, pero siguió con su vida hacia adelante y se dedicó a su trabajo.

No volvió a tener más novios, tenía amigos que de vez en cuando salían al cine o con grupos de chicos y chicas del trabajo se reunían e iban todos juntos a alguna discoteca a bailar y a pasar algunos ratos divertidos.

Pura respiró profundamente porque se le habían venido muchos recuerdos a su memoria con el relato, así que le dije que si quería lo dejábamos, pero insistió en seguir.

Al cabo casi de diez años, Pepe apareció en su centro de trabajo. Venía como si no hubiese pasado nada a su mismo puesto, como si se hubiese ido el día anterior. Bueno, dice que estaba más subido y más agrio.

Faltó poco tiempo para que le llegaran los rumores de su llegada; ella no se lo podía creer, pero tampoco iba a ir a buscarlo porque sabía que en algún momento se lo encontraría.

La vi en ese momento muy triste, así que dejé el tema y lo corté en seco, para algo soy psicóloga y sé cuándo no debo seguir.

—¡¡Te has dado cuenta, Pura, de la hora que es!!

—Anda, si ya es hora de cenar, pues vamos a tomar algo, ya que estamos.

No era muy tarde, pero era muy raro, ya que no había nadie en el comedor. Me quedé un poco preocupada por Juanjo; no lo había vuelto a ver desde que llegamos a la hora de la comida. Bueno, pensé que estaría cansado o que bajaría más tarde. Yo estaba cansada y cené rápidamente para irme a mi habitación.

Mi gabinete lo cerraba hasta próxima apertura, pensé con una sonrisa.

7

Me subí muy deprisa porque, sinceramente, mi mente estaba un poco saturada hoy.

Pero también tenía mucha curiosidad por saber de mis otros chicos, que hacía días que no veía a Pedro y Andrés no había ido a comer tampoco.

Así que me metí un buen baño para relajarme y pensé que al día siguiente no hablaría con nadie e intentaría ir a las piedras.

No descansé muy bien, tenía en la mente demasiada información y la historia no terminada de Puri me había dejado un poco impactada, porque podía entender cómo se podía sentir ella, todas las ilusiones que tendría puestas en formar su propia familia, tener hijos... y, sobre todo, estar con el hombre del cual se había enamorado; tenía que haber sido muy doloroso para ella. Ya quería escuchar lo siguiente, pero esperaba que no hubiese vuelto ni a hablarle nunca más.

Pensando en la historia de Puri, los recuerdos me llevaron a mi abuela.

Mi abuela fue una mujer fuerte y con mucho carácter. Tuvo dos hijas, su marido trabajaba en los barcos de pesca y pasaba tiempo fuera de su casa y, como marinero, y más en aquella época, también bebía mucho dentro del barco y fuera de él; le dio muy mala vida, como se decía en esa época. Mi abuela trabajaba mucho para sacar a esas niñas hacia adelante; en unos de esos viajes, él no volvió. La pobre se preocupó, pensando que le había pasado algo, y fue a buscarlo al muelle, donde le dijeron que él había decidido no volver y se quedó en Canarias, así que mi abuela se quedó sola con dos hijas adolescentes, trabajó como nunca, porque por nada del mundo quería que sus hijas terminaran limpiando casas; ella, en cambio, se puso a trabajar lavando ropa en una pensión, y antes se lavaba a mano, así que las puso en un taller de costura donde aprendieron a coser. Mi tía terminó con su propio taller y siendo una muy buena modista.

Al cabo de muchos años el hombre volvió y fue a pedir perdón, y quería volver a su casa. Mi tía, que estaba soltera, le dio mucha pena y convenció a mi abuela para que lo dejase volver, al fin y al cabo era un hombre mayor y enfermo y era su padre. Mi abuela dijo que sí, pero con la condición de que sería como un huésped en su casa, tendría su habitación ella le haría de comer y lavaría su ropa, no comería con ella nunca en la misma mesa y, por supuesto, tendría que abonar algo de ayuda. Él aceptó y así estuvieron algunos años hasta que él empeoró y falleció, pues muriéndose la llamó y ella no fue capaz, decía que no lo podía mirar a la cara después del daño que le había hecho y todo lo que había trabajado en esos años de la posguerra, que fueron muy duros.

Entonces llamó a mi padre y estuvieron hablando antes de morir, pero mi padre jamás contó lo que le dijo y mira que se lo preguntábamos, y nada, ni a mi madre se lo dijo nunca.

Una vida dura la de mi abuela, por eso entendía a Puri. No sé si mi abuela actuó mal o actuó bien, tampoco sé lo que haría yo, pero lo cierto era que se mantuvo firme en su decisión hasta el final.

Bueno, bajaría a desayunar y después me marcharía a pasear y a pensar un poco en mí.

Baje más tarde de lo habitual, y claro, no había nadie desayunando, solo estaba doña Úrsula en sus fogones.

—Buenos días, Alma, hoy se te han pegado las sábanas.

—No, lo que pasa es que he dormido mal y me he quedado contemplando la lluvia en este paisaje tan bonito.

—Te llevo el desayuno.

Me trajo unas tostadas que era el pan de un pueblo de cerca y era el mejor pan que yo había probado, al dejármelo me miró fijamente.

—¿Estás bien, Alma? Te noto triste y ojerosa.

—No, qué va, es lo que le he dicho, que no he descansado bien y este día que no acompaña tampoco, tranquila.

La cosa es que llevaba razón, al recordar a mi abuela también se habían venido recuerdos a mi memoria y me había dado un poco de bajón, no quería pensar, estaba segura y convencida de que algún día saldría el arcoíris y el sol brillaría otra vez, ojalá brillara hoy, porque era bonito ver llover, pero no me gustaba nada mojarme.

Viendo que hoy no podía a ir a la aldea, decidí ir a Orense a hacer un poco de turismo y esperar a que dejase de llover.

Una vez que terminase con el desayuno cogería el coche y me iría.

Llegué a Orense a media mañana; había leído que es la ciudad de Galicia más conocida por sus aguas termales y tenía ganas de estar en una de esas termas.

El río Miño atraviesa la ciudad a través de un puente, dicho puente es de la época de los romanos, fue construido en el siglo I d. C. Es conocido allí como «el puente romano».

Quería llegar lo más cerca del centro para no mojarme mucho; no es una ciudad muy grande y es fácil de recorrer y visitar, sobre todo la parte antigua.

Pude dejar el coche en un aparcamiento y tuve la gran suerte de que había dejado de llover y podría pasear tranquilamente; estaba bastante nublada y fresca la mañana, cosa que se agradece cuando estás caminando.

Llegué hasta la Catedral.

La Catedral de San Martín es el principal edificio religioso de la ciudad, estilo románico, me gustó bastante y estuve largo tiempo disfrutando la visita, me había unido a un grupo de turistas e íbamos con una guía que nos estaba explicando todo lo referente al templo.

Al terminar la visita, me senté en una plaza y me quedé observando todo aquello. Me sentía feliz y tranquila, me estaba gustando mucho la experiencia de ese viaje, y aunque se me venían muchos recuerdos a la cabeza y quería que no me hiciesen sentir triste, lo quería ver como una gran experiencia que la vida me había dado.

Tenía muchas ganas de ir a un balneario termal y me había informado de uno que era bastante conocido; era un recinto, Termas As Burgas era el nombre, pregunté y me dijeron que eso era para disfrutar mucho más tiempo y no una hora solo, y claro, la visita de la catedral había sido más larga de lo que yo esperaba, así que decidí comer allí y ya después volver a casa de doña Úrsula.

Estuve por todo el casco antiguo metiéndome por callejuelas y comprando algún que otro recuerdo, encontré una pulpería con muy buena pinta y entré allí a comerme un buen pulpo.

Encontré una mesita pequeña y allí me senté, hice mi pedido y me quedé esperando con una copa de vino tranquilamente.

Estaba observando todo el restaurante cuando en una esquina más bien escondida vi en una mesa a Pedro con un señor;

me llevé una grata sorpresa porque iba vestido muy elegante, al igual que su acompañante. Me pareció mucho más atractivo que anteriormente en el hostal.

Tenían una conversación y estaban de lo más entretenidos, por supuesto que ni se había dado cuenta de mi presencia. Yo los tenía de frente y estaba superatenta a ellos; por más interés que ponía no me hacía la idea de qué se podía tratar, gesticulaban mucho y se enseñaban papeles y fotos, pero no cogía pista de lo que podían hacer allí.

Me comí mi pulpo y mi tarta de Santiago, y viendo que no tenía éxito mi presencia y no sacaría nada, decidí irme hacia el hostal antes de que la tarde se pusiera más negra.

Llegué sobre las seis de la tarde y me encontré en el salón a Juanjo; me dio alegría de verle y, aunque me había dicho a mí misma que necesitaba estar tranquila un día entero, también necesitaba hablar, llevaba todo el día en silencio y un poco frustrada porque mi encuentro había sido totalmente nulo, así que decidí acercarme a Juanjo y abrir el gabinete, pensé con humor.

—Hola, Juanjo, ¿qué tal llevas el día?

—Hola, Alma, hoy poca cosa, una mañana de lluvia y no he podido salir a la aldea, el paseo de ayer me sentó muy bien y me hubiese gustado repetir hoy, y además, hablar contigo me vino genial y me gustaría seguir contándote un poco mi historia, ¿te importa?

—Para nada, subo a soltar las cosas y bajo, pídeme un orujo.

Eso hice y en diez minutos estaba sentada allí con él.

Empezamos contándonos lo que habíamos hecho esa mañana, la verdad es que con el poco tiempo que hacía que lo conocía le tenía un cariño especial; lo miraba con mucha ternura, era como si fuese un hermano pequeño mío, él no había hecho nada, había estado en su habitación leyendo y escuchando música en su móvil, me dijo; al cabo de un rato retomamos la conversación.

Los cuatro amigos tenían una ruta para el camino y lo empezaron con muchas ganas, todo eran risas e iban parando en albergues y casas rurales; llegaban de la caminata y todo era comer y beber y, sobre todo, muchas risas. Recordaban anécdotas de cuando eran pequeños, tenían muchas cosas para recordar.

Una noche empezaron con los recuerdos de parejas, cómo habían conocido a las chicas y cómo se habían empezado a enamorar.

Antonio se había enamorado primero, Eva era una chica más bien pequeñita, rubia y con unos ojos azules muy bonitos, a Antonio siempre le habían gustado mucho sus ojos y la piropeaba constantemente, era más bien tímida y poco habladora, al contrario que él, que, como buen maño, hablaba mucho y era superdivertido, diferentes caracteres, pero congeniaban perfectamente.

Sonia era, al contrario que Eva, más alta y una morena con ojos muy vivos que, con su mirada, decía muchas cosas.

Sonia no era partidaria de tener novio tan pronto, pues le quedaba mucho camino por delante y decía que era una forma de quitarse la libertad que tenían como amigos; no dejaba estar tranquila a Eva en su relación y siempre estaba por medio y, cada vez que podía, se buscaba una excusa para separarlos y quedarse a solas las dos con sus charlas y sus cosas.

La cosa se quedó más tranquila cuando Juanjo la beso por primera vez e iniciaron una amistad con derecho a algo más; ahora él entendía que no empezó tan enamorado como su amigo, pero poco a poco la cosa fue mejorando y volvían a ir los cuatros juntos a divertirse igual que antes.

Antes de empezar el camino, Juanjo llevaba una época otra vez donde no sentía a Sonia como hacía un año, la notaba triste y esos ojos tan vivarachos los veía tristes; él le preguntaba, pero decía que solo era cansancio y estrés de los estudios y preocupación por la nota y la especialidad que cogería.

Él se lo comentaba a su amigo y le decía que algunas veces Eva la notaba igual, pero que se tranquilizara, que una vez que pasara el examen todo volvería a ser como antes.

Empezaron el camino y todo parecía normal, las risas taparon cualquier tristeza que ambas podían tener.

Juanjo era una persona muy observadora y no decía nada, pero estaba viendo cosas más extrañas que lo que normalmente hacían, era un tema muy delicado y se limitaba a observar.

Caminaban ellos delante y ellas detrás siempre, y era Juanjo el que, cada vez que oía risas y cuchicheos, se volvía y casi siempre iban agarradas o dándose achuchones, pero ya cuando él miraba se ponían formales, cada vez fueron aumentando esas tonterías y pensó que en cuanto pudiese se lo comentaría a Antonio, porque así no podía seguir, y hablarían todos.

Esa noche tenían reservadas habitaciones en una casa rural donde estarían más cómodos, con duchas y buena comida.

Cuando llegaron se fueron del tirón a tomar unas cervezas y sentarse un rato, las chicas se levantaron las dos de la mesa.

—Nosotras vamos a ir duchándonos —dijo Sonia —. Quedaos aquí y luego vais vosotros.

—No tardéis mucho —le dijimos, y nos pedimos otra cerveza.

Empezamos a hablar de nuestros planes de futuro y, en un momento dado, Antonio me pidió las fotos que habíamos hecho para mandársela a sus padres.

—Espera, que he dejado el móvil arriba, voy a por él y bajo —le dije.

Subí nervioso, porque como tenía un poco la mosca detrás de la oreja, iba inquieto.

Aposta, abrí la puerta muy despacio para no hacer ruido; estaba todo en silencio, pero se oían risitas en el cuarto de baño y me puse a escuchar. Mi cara palideció al oír a las dos chicas, no eran exageraciones mías pero eran arrumacos y jadeos de una pareja, los jadeos fueron a más y se oyó perfectamente un «te quiero, Eva».

Me quedé helado porque mis sospechas eran ciertas, cogí el móvil y, sin hacer ruido, salí de la habitación.

Me quedé en el pasillo pensando qué hacer y decidí por ahora no decirle nada a Antonio y hablar antes con Sonia.

La cena transcurrió tranquila, yo estaba serio, pero dije que era por causa del cansancio que arrastraba, así que nos fuimos a descansar pronto para salir a andar temprano.

Intenté hacer el amor con Sonia esa noche, pero me rechazó diciéndome que también estaba muy cansada y quería dormirse, lo intenté porque esperaba su respuesta y quería asegurarme de lo que contestaría.

Desayunamos muy temprano y a las ocho estábamos ya caminando.

Las chicas iban detrás hablando como siempre y nosotros delante, pero yo iba serio y no tenía muchas ganas de hablar, quería hablar el tema y no sabía cómo hacerlo y cada vez me sentía más agobiado con la situación; una de las veces se acercó Sonia para preguntarme si me pasaba algo y vi la ocasión cuando Eva también se puso a hablar con Antonio y aproveché.

—Te voy a hacer una pregunta, Sonia, y quiero que me respondas con la verdad y todo salga a la luz por el bien de todos. ¿Qué hay entre Eva y tú?

Al principio no pudo responderme y se quedó callada, no dijo nada, solo se limitó a mirarme con esos ojos negros que se me clavaron en el alma; al cabo de un rato respondió.

—¿Por qué me preguntas eso? ¿Qué sabes tú?

—Lo sé todo, llevo mucho tiempo sospechando que algo pasaba y anoche subí a la habitación y os oí mientras estabais en la ducha.

No contestó, se quedó pálida, pero al rato me contó la historia.

Desde que estaban en el colegio ella se había enamorado de Eva, pero nunca le dijo nada. Pasaron los años y empezaron la carrera y fue allí donde ya no pudo más y se sinceró y le declaró su amor; ella empezó a reírse y no se lo tomó en serio, pero las cosas empezaron a cambiar y esa amistad se hizo más intensa y Sonia se dio cuenta de que también sentía hacia ella y que no era broma la declaración de Eva. Un día fueron de fiestas y, con unas copas de más, la atracción que sentían saltó como una caja de explosivos y se dejaron llevar las dos, aquello ya sería imparable.

Eva estaba contenta, pero sabía que aquello sería un disgusto en su casa; sus padres tenían una educación muy chapada a la antigua y esa relación no la verían nunca con buenos ojos.

En esos momentos justo fue cuando aparecieron los chicos y ella sabía que Antonio se había enamorado de Eva, con lo cual puso todo de su parte para que funcionase, sabía que sus padres, con todo el esfuerzo que habían hecho para su educación y darle todo lo que ella tenía, no se merecían ese disgusto y así se lo dijo a Sonia.

Ella no aceptó eso y le dio la opción de seguir a escondidas y ella podría mantener la relación con Antonio y a la vez con ella; estaba tan enganchada que no le pareció ninguna locura y aceptó la proposición.

Al principio funcionaba, pero cada vez sus encuentros eran más distanciados y ella no podía aguantar la separación, así que decidió intimar con Juanjo y así poder empezar una relación donde se volverían a unir los cuatros y ellas podían tener sus encuentros más asiduos.

—¿Antonio no sospechó nunca?

Antonio estaba superenamorado de Eva y pensaba que ella también, pero nunca imaginó que se les iba a ir todo de las manos.

En ese punto Juanjo entendió que había perdido para siempre a su novia y a una amiga y vería cómo reaccionaría Antonio.

Siguieron andando hasta que llegaron a una aldea donde se quedarían a pasar la tarde.

Antonio se había dado cuenta que algo raro pasaba, pues su amigo y su novia mantenía un silencio que no era normal en ellos.

Al llegar Juanjo, les dijo a todos:

—Os espero en el comedor, que tenemos que hablar todos.

En ese momento Juanjo se quedó en silencio mirando un poco al vacío.

—¿Te importa que vaya a buscar unas cervezas?

—Por supuesto que no, creo que nos hace falta a los dos.

Me quedé sola pensando que entendía perfectamente que el chaval estuviese afectado, y no porque las chicas se gustasen, sino por la mentira que habían creado alrededor.

Al volver con las cervezas, se habían unido a la mesa Puri y Andrés, que habían entrado en el mismo momento en que él se había levantado, así que nos miramos y entendimos que el final me lo tendría que contar en otro momento.

8

La cena transcurrió muy distendida, Andrés venía muy contento y estaba muy charlatán y divertido y Puri también estaba más habladora de lo normal.

Nos contamos nuestras experiencias del día y nos despedimos pronto, aunque esperaba que en algún momento apareciera Pedro, porque me había quedado muy intrigada con lo que había visto esa mañana.

Me desperté muy cansada porque no había descansado bien pensando en la historia de estos chicos, que verdaderamente era seria, pero por la mentira que ellas habían creado a su alrededor.

Estaba deseando saber el final y ver cómo lo habían solucionado, así que me fui a desayunar rápidamente.

El día había amanecido con sol aunque con frío, son los días que más me gustan, el típico otoñal frío y la luz que hacía que los tonos de los árboles fueran más dorados y brillaran como si tuviesen polvos de oro.

No había nadie desayunando, solo estaban doña Úrsula y una de sus hijas.

—Alma, buenos días, ¿se te han pegado las sábanas hoy? —me dijo.

—No, qué va, es temprano todavía.

—¿Has visto la hora?

Yo, que me había levantado convencida de que era temprano, y resulta que no había mirado la hora y que era al revés, me había quedado dormida cuando amaneció.

Cogí mis cosas y me fui a mi aldea, que entre una cosa y otra aún no había llegado a las piedras.

Dejé el coche en el mismo sitio de siempre y empecé a caminar, lo veía todo más bonito, la lluvia del día anterior lo había dejado todo como con un brillo diferente a otros días y un olor a tierra mojada que te hacía respirar profundamente y disfrutar de aquello.

Mis sentimientos se me habían removido y se venían a mi cabeza como un torbellino de emociones, me vinieron recuerdos de mi historia, que fue bonita mientras duró, y tenía recuerdos muy bonitos, aunque después los malos se habían comido a los buenos. Iba caminando, pensando en todos aquellos años en los fui feliz y pensaba que nunca jamás volvería a amar de aquella manera tan intensa.

Estaba tan absorta en aquellos pensamientos que no vi a lo lejos a Puri, que andaba cogiendo sus hierbas para sus infusiones.

La llamé para sentarme un ratito con ella y así charlar un poco, pues teníamos una conversación pendiente.

—Puri, Puri, buenos días, ¿qué coges hoy?

—Hola, Alma, no te vi esta mañana desayunando y pensé que te había ido para Orense.

—No, no, qué va, me quedé dormida y cuando bajé ya no quedaba nadie. ¿Y tú qué haces?

—Pues yo salí pronto y estoy cogiendo estas hierbas, que mira que brillo tienen y estoy segura de que tienen que ser buenas para algo, ya buscaré en mis apuntes o le preguntaré a doña Úrsula, que seguro que sabe algo sobre ellas.

—Puri, ¿y qué tal estás? El otro día me fui pensando en ti a la habitación, no sabía si te había hecho bien el volver a abrir viejas heridas.

—Qué va, Alma para nada, me vino muy bien porque nunca se lo había contado a una desconocida y me sentí bien. ¿Tienes un rato libre?

—Por supuesto, está la mañana muy bonita para sentarnos un rato en plena naturaleza.

—El otro día te estuve contando cosas de mi vida, pero, ¿y tú, Alma? ¿Qué haces aquí tú?

—Lo mío también es una historia y también estoy aquí para encontrar algo que no sé qué es, me encuentro perdida y como si estuviese dentro de un pozo del que necesito salir, porque hay veces que me ahogo. Te la contaré más tranquilamente. Bueno, Puri, ¿y tú cómo pudiste salir a flote?

Me quedé pensando antes de seguir que la vida, no sé por qué razón nos estaba reuniendo a este grupo que, por circunstancias, teníamos un punto en común: el DESAMOR.

Puri también se quedó en silencio y al cabo de un minuto continuó su historia.

Pepe había vuelto, como ya contó, y ya llevaba allí unos meses y no se habían visto, fue pasado ese tiempo cuando un día apareció en su despacho.

Puri se quedó clavada cuando levantó la mirada y se lo encontró en la puerta, no pudo reaccionar porque si llegaba saber que aparecería, se hubiese ido antes de que llegase.

El silencio era cortante hasta que él fue quien lo terminó; un «Hola, Puri» fue lo que le escuchó.

Se sentó enfrente y dijo que quería hablar con ella.

Ella estaba dispuesta a escucharlo y ver qué le había pasado.

Empezó pidiendo perdón y que todo se le había ido de las manos y no supo ver la realidad.

Él llegó a Barcelona totalmente enamorado de Puri, tenía todas las esperanzas puestas en formar un futuro con ella, era un hombre que nunca había vivido solo y sin conocer a nadie de su entorno y eso empezó a confundirlo; estaba triste y solo y su vida era trabajar y después irse a la pensión, no salía a ningún sitio ni se relacionaba tampoco con nadie.

Estando en esas circunstancias llegó a la pensión una chavala que venía de Sevilla y también llevaba su contrato de trabajo de secretaria en una empresa.

Ella también estaba muy sola y novata en estar fuera de casa, así que se encontraron en el mismo sitio.

Cuando salían de trabajar, los dos se encontraban en la pensión y se pasaban toda la tarde hablando; él le contaba sus planes de futuro con Puri y ella con su novio, al que no le había gustado nada que se hubiese ido a Barcelona sola.

Esas charlas en el salón dieron lugar a ir a dar un paseo primero y otros al cine, y eso fue el principio del alejamiento de Pepe.

Empezaron a disfrutar de su estancia allí, iban a todo cuanto les daba el tiempo libre, y la risa le volvió a su cara otra vez.

Decidieron dejar la pensión y alquilar un piso entre los dos y vivir como compañeros sin ningún otro pensamiento.

Al principio fue perfecto, parecían dos estudiantes sin ningún tipo de responsabilidad. Pepe se daba cuenta de que cada día se acordaba menos de Puri y más a gusto estaba con Mercedes, que así se llamaba.

Él tenía dos sentimientos: uno hacia Puri, que era doble, de amor y de dolor, porque sabía que la estaba traicionando y, por supuesto, no estaba tranquilo, porque sabía que no estaba haciendo lo correcto; y por otro, había conocido la pasión con Mercedes y le atraía como un imán, con ella era como un volcán en erupción y siempre a punto de explotar.

Una noche fueron a cenar y después a bailar, y sería el efecto de la bebida que, cuando llegaron a la casa, pasó lo que llevaban tiempo intentando parar, y ese volcán que llevaba dentro entró en erupción y ya no fue capaz de parar.

Él estaba feliz y Puri salió completamente de la mente de Pepe, hacían vida de pareja y estaban ilusionados con la situación que estaban viviendo, y para nada querían que eso terminase.

Una tarde, al regresar al piso, Mercedes estaba esperándole muy seria, él no sabía qué podía pasar, pero su mirada de tristeza le preocupó.

Al preguntar, su respuesta le dejó frío como un hielo; si lo hubiesen pinchado desde luego no hubiese sangrado.

¡¡Mercedes estaba embarazada!!

Sabía cuál era su obligación, pero se le vino a su mente Puri y cómo se lo diría… Y optó por ser un cobarde; ya llevaba unos meses que no sabía nada de ella, así que pensó que lo mejor era seguir igual y desaparecer del todo.

Pidió traslado de ciudad y se fue para Sevilla, que, al fin y al cabo, estaba en la otra punta y sería difícil volver a verla.

A partir de ahí cambió su vida, se casó con Mercedes y fue padre de un niño.

—Puri, con lo fácil que hubiese sido decir la verdad, aunque muchas veces nos duela.

—Eso mismo le dije yo, Alma, cuando lo volví a ver otra vez.

Hacía una mañana espléndida, con frío, pero el sol calentaba y se estaba de lo más a gusto, y no quise cortar el tema porque quería saber el final ya.

—¿Y qué pasó, Puri?

Ella estaba también muy decidida y siguió su historia.

Puri había empezado a vivir un poco su vida, le había dado mucho dolor el sentirse olvidada y rechazada, y su vida se centró en el trabajo y en los pocos amigos que conservaba.

Tenía una vida tranquila y en su interior sabía que no podía olvidarlo, y que seguía enamorada de Pepe y que, por supuesto, nunca encontraría a otro hombre al que querer como le había querido a él.

Cuando aquella mañana levantó la mirada y lo vio no se podía creer que se hubiese atrevido a venir a darle la cara directamente.

Cerró la puerta del despacho y fue cuando él le contó la historia.

—Lo siento mucho, Puri, pero es la verdad de lo que pasó.

—¿Por qué has vuelto, Pepe? —fue la única pregunta que ella hizo.

Puri había estado en silencio oyéndolo hasta ese momento, le dejó que hablara, pero ahora quería saber el porqué de la vuelta.

Ella tranquilamente expuso su historia, lo mal que se había sentido al saberse olvidada después de todo lo que habían hablado y se habían prometido, le dijo cuántas lágrimas había derramado y como había logrado vivir ese tiempo, y ahora que estaba tranquila él había aparecido.

A Pepe se le notaba nervioso y después de haber contado su historia estaba aún más, y sentía que no sabía cómo seguir.

Tragó saliva y continuó.

Fue feliz los primeros años, de hecho había sido padre de un segundo hijo, pero la convivencia y el sentirse solo y fuera de su tierra empezó a pasarle factura, su pensamiento se le iba a recordar a Puri y pensar en lo que ella estaría haciendo, si se habría casado o si seguiría en el mismo sitio trabajando, todo fue acumulándose y la pareja se fue debilitando y fue ella quien tomó la iniciativa de decirle que volviesen a su puesto otra vez y estar allí una temporada, para ver si al sentirse con los suyos la cosa mejoraría.

Pepe no lo dudó, porque en el fondo quería volver a ver otra vez a Puri y saber de ella.

Así que el traslado fue fácil y volvieron a Extremadura; Mercedes estaba feliz de ver el entusiasmo de él, pero él estaba muy nervioso y sin saber qué haría cuando se la encontrara y si era la decisión correcta dejar a su familia y volver allí.

Cuando fue a su trabajo, lo primero que hizo fue informarse de ella y saber dónde se encontraba. Estuvo más de una semana dando vueltas sin saber cuándo iría y cómo empezaría esa conversación.

Ese lunes estaba decidido a ir a su despacho y dar la cara. Tenía miedo de su reacción y sabía que había sido un cobarde por no decir la verdad en el momento que empezó todo y explicar que el amor que habían tenido se había terminado, pero cuando la vio escuchándolo tan seria, tan elegante y esos ojos que le brillaban y no sabía si era de rabia o de amor, pero ni una sola lágrima, en ese momento se dio cuenta que ese amor de juventud nunca se había muerto y seguía vivo dentro de él.

Decidieron comer juntos ese día y a ese día siguieron muchos más días, hasta que al final Puri le confesó que nunca lo había dejado de querer y que seguía igual de enamorada que cuando él se fue.

Todo fue fluyendo y se veían muy a menudo y ella se dejaba querer y le escuchaba todos los problemas que él le contaba y, sin darse cuenta, se metió en la boca del lobo y se convirtió en la otra.

—Pero, Pura, ¿cómo le perdonaste después de tantas lágrimas? —le pregunté.

—No lo sé, Alma, me creí todo lo que me contó, pero siempre pensé que él se separaría y ella volvería a su tierra y que termináramos juntos de una vez.

»Pero llevamos así casi dos años y él cada día está más cómodo con la situación, tiene a sus hijos con él y a mí cuando él quiera.

»Por eso estoy aquí, Alma, necesito pensar y dar una solución a esto, hacerlo decidir qué quiere con su vida y no estar jugando con las dos.

»Le he pedido un tiempo y cuando llegue tomaré la decisión.

—Pura, lo tienes que hacer, tienes derecho a tener tu propia vida y ser feliz, él escogió y ahora tiene que asumir las consecuencias.

Habíamos pasado toda la mañana hablando y no habíamos visto la hora que era, así que decidimos irnos a comer.

Me fui con una sensación desagradable, porque me había parecido una situación incómoda y estaba convencida de que ambas partes estaban sufriendo y para alguna de las dos no acabaría bien.

9

Llegamos las dos un poco cabizbajas porque yo, en el fondo, entendía mucho la situación y me había dejado muy *plof.*

En el comedor estábamos casi al completo, así que me cogí sitio al lado de Juanjo, porque necesitaba cambiar un poco el tema.

Estuvimos comiendo tranquilamente, hablando de nuestras cosas y diciéndole que todavía no había podido cruzar la aldea y llegar hasta las piedras, que con los parones no había llegado ni a la mitad de la aldea.

Como estaba también Andrés, nos sentamos en la parte del salón a tomarnos algo y seguir con la conversación.

Andrés estaba muy charlatán y contando anécdotas y leyendas de su tierra que nos tenían totalmente atentos, sobre todo con el tema de la Santa Compaña.

Regla nos trajo una baraja de cartas y así pasmos la tarde, de lo más tranquila, y sobre todo con muchas risas.

Lo que no se me escapé fue la mirada de Andrés hacia Regla cuando nos trajo las cartas; ya investigaría un poco.

Pasaban ya las ocho cuando se levantaron y me quedé sentada a solas con Juanjo.

No tenía muchas ganas de hablar, pero entendía que se merecía que me terminara su historia, lo veía tan joven y a la vez tan vulnerable.

—¿Qué tal vas, Juanjo? ¿Cómo lo llevas?

—Alma, intento digerir esto porque no quiero perder sobre todo a mi amigo de toda la vida. Entiendo que en el amor no mandamos y nuestros corazones van a donde quieren ir, pero que me hubiesen mentido no lo puedo soportar.

—Juanjo, lo único que tienes que entender es que él tampoco lo sabía y ha sido más engañado que tú, puesto que él sí estaba enamorado de Eva. Bueno, ¿y qué pasó?

Se puso muy serio y empezó a contarme. Él estuvo pensando si era mejor no decir nada y que fuesen ellas las que hablasen y contasen sus historias, que para eso eran las protagonistas.

Hubo un silencio donde se notaba que el frío cortaba el ambiente; fue Antonio quien empezó el tema y preguntó qué pasaba.

Juanjo, tembloroso, empezó su historia y las vivencias que le estaban afectando a él. Antonio no se lo podía creer, y la primera reacción fue darle un puñetazo a Juanjo, que le vino tan desprevenido que cayó hacia atrás; las chicas, que hasta entonces habían estado en silencio, reaccionaron y se interpusieron para mediar entre ellos.

El dueño del local los invitó a salir y seguir la conversación sin espectáculos, y mucho menos violencia.

Ellas contaron que no querían, que querían hacer sus vidas con ellos y esperaban que tendría que llegar el momento en que sus caminos se separarían y aquello pararía, pero que esa atracción y ese amor que sentían la una por la otra había superado todo y no lo habían podido parar. Tenían la fe de que, cuando el camino terminase y aprobaran el MIR, se separarían.

Todos lloraron, pero Antonio reaccionó mal, hubo insultos hacia todos y hacia Juanjo; pensando que él lo sabía le hizo responsable de la situación.

Le dijo cosas muy feas y lo que más le dolía a Juanjo era que pensara que él se lo ocultara; igual debería haberle contado sus dudas, pero tenía que estar seguro de dichas dudas y no lo había estado hasta un día antes.

Antonio, que era una persona fuerte, fue contra el resto del grupo y ya me imagino la que se lío, porque hubo más de un golpe. Tuvieron que llamar a la policía y terminaron los cuatros en comisaría.

Al día siguiente decidieron separarse y que cada uno hiciera lo que le viniese en gana.

Juanjo pensó en quedarse un tiempo por la zona y relajarse y ver qué pasaría, así que sin despedirse de nadie salió muy temprano y terminó en casa de doña Úrsula.

La casa de doña Úrsula se estaba convirtiendo en la casa de los no enamorados.

—Y aquí estoy, Alma, con una pena y una tristeza que jamás he sentido, y no tanto por Sonia, sino por la pérdida de mi amigo de toda la vida.

—Antonio necesita su tiempo, tú lo tenías en mente y te lo imaginabas, pero él nunca lo había pensado y era la mujer con la que quería casarse y formar su propia familia, y todo era muy reciente. Estoy segura de que él te va a llamar y verás cómo vosotros lo arreglaréis. ¿Y ellas han dicho algo?

—Nada, no sé si se fueron juntos los tres o ellas por su cuenta y él solo; nadie me ha llamado y yo ni me atrevía a hacerlo, igual soy un cobarde, pero necesito mi tiempo y después hablaré con él, si quiere, claro. Me gustaría pedirle perdón por la pelea y por las palabras.

—Todo se arreglará y podréis empezar de cero, verás como sí. Y ahora nos vamos a ir a cenar, que huele de maravilla, y a tomarnos un buen vino, que nos hace falta.

La cena fue muy distendida y estuvimos casi todo el grupo, donde nos reímos y también hablamos mucho.

Nos quedamos con unos cuantos chupitos y muchas risas y nos fuimos a dormir.

Pedro seguía en el hotel, pero desaparecido, porque nadie sabía nada de él, solo que llegaba tarde y salía muy temprano y yo no estaba dispuesta a desayunar a las siete de la mañana para coincidir.

Me fui a mi habitación pensando en el día que había pasado.

Nunca pensé que este viaje me iba a traer tantas cosas, historias ajenas que, si daba una vuelta en el círculo, tenían todas cosas en común incluida la mía.

Yo venía huyendo de mi historia, que ya he dicho algo alguna vez, me engañaron totalmente porque también me enamoré al igual que ellos, perdí la cabeza y era capaz de hacer cualquier cosa por él; él también estaba casado y acogí a sus hijos como míos, él me decía que no le llegaba el dinero para la pensión ni para final de mes y yo, gustosa, se lo dejaba porque le quería tanto que, incluso cuando la cantidad fue más grande, también se la busqué y se la di, y todo para averiguar que todo era un engaño.

Nunca me arrepentiré porque lo hice de corazón, y tampoco me imaginé que todo era mentira; volví a intentar otras relaciones, pero nunca sería ese amor pasional, me enseñó cómo se comportan hombre y mujer en la cama y jamás pude disfrutar tanto. Teniendo este listón tan alto, me costaba mucho volver a amar de la misma forma, porque me había convertido en una mujer activa y pasional, y lo que encontraba eran hombres de bajo consumo… A partir de eso todo se había convertido en búsquedas que no llegaban a ningún sitio y que en la actualidad seguía igual.

Había decidido este viaje pues, no sé el porqué; quería encontrar tranquilidad y saber que sola también se está muy bien, y de esa forma el amor se quedaría en un segundo plano.

Y, viendo lo que tenía alrededor, lo mejor era seguir sola y no sufrir nunca más.

Así que me metí en la cama con ese pensamiento y solo buscaría esas piedras, que estaba muy convencida de que me darían tranquilidad y no sabía el porqué, pero estaba segura que allí encontraría el arcoíris de mi vida.

10

Esa noche dormí bastante bien, creo que estaba relajada del día que había tenido; en el fondo, me había dado cuenta de que el amor solo da problemas, lo buscas porque crees que te va a dar felicidad, y es cierto que te la da, pero construye un muro alrededor que, en cuanto se cae un solo ladrillo de ese muro, primero será ese uno, pero después irán todos, como las fichas del domino, y volverás a encontrar otra vez tristezas, así que fuera penas y disfrutemos de lo que la vida nos da.

El día había amanecido soleado, pero con viento y frío, pero era bonito, porque esos paisajes quedarían para siempre grabados en mi memoria.

Bajé a desayunar y dispuesta a hacer mi excursión y poder ver las piedras que tanto me atraían.

No había nadie, solo estaba Regla, que aún seguía con los desayunos.

—Buenos días, Regla, qué solitaria te veo.

—Buenos días, Alma. Sí, se acaban de ir algunos y faltabais tú y D. Pedro todavía.

—Qué raro, ¿Pedro todavía no ha desayunado?

—No, la verdad es que es muy tarde para él, pero mira, hablando del rey de Roma, que por la puerta asoma.

Miré hacia la puerta y lo vi entrar. La verdad es que era el tipo de hombre que me atraía: atractivo, alto y tan elegante.

Creo que se me puso cara de boba, pero era para mirarlo.

—Buenos días —dijo, sin dirigirse a nadie en especial.

Ambas contestamos y se sentó en la mesa de al lado; lo miraba de reojo y fijándome en todos sus detalles, no había identificado su acento, puesto que había hablado muy poco.

Estaba desayunando de lo más lento porque quería que él terminara antes para que se fuera y así poder preguntar a Regla un poco, me tenía totalmente intrigada.

El desayuno por mi parte fue muy lento, pero él tenía prisa porque iba muy ligero, pero me daba cuenta de que por el rabillo del ojo estaba mirando todo y de paso a mí también, al igual que yo hacía con él.

Al cabo de un rato se levantó, nos dijo adiós y se fue.

Automáticamente llamé a Regla y le pregunté sobre Pedro. Lo único que ella sabía era que es un chaval de Sevilla y que estaba allí por motivos profesionales, y a la vez quería unos días de descanso y turismo por la zona.

La verdad es que no dijo gran cosa y prácticamente me quedé igual, así que decidí irme a mi excursión matutina.

Cogí mi coche dirección Vichocuntín y pensando no encontrarme a nadie y poder llegar a las piedras.

Aparqué un poco más cerca de la aldea y empecé a andar; cada día me maravillaban más mis paseos, porque eran paisajes tan bonitos, los colores… Es que se pisaban los tonos marrones y verdes, y todos mezclados daban esa tonalidad dorada que parecía que estaba en un cuento de hadas y que alguna aparecería en algún momento, sentada en la rama de un árbol, mirándome sonriente. El primer día me había dado un poco de escalofríos, pero los días habían pasado, y ahora, al contrario, me parecía mágico y en algún momento aparecería ese hada con su varita mágica y me diría «Pide un deseo, Alma».

Contemplando tal paisaje y andando despacio pude ver las piedras de lejos.

Las piedras estaban un poco en alto, no había nada rodeándolas, ni árboles, ni casas abandonadas. Estaban ellas solas, no podría decir, porque conforme me acercaba cambiaba un poco la forma, pero parecían como si formaran una puerta, que eso me lo habían dicho, que eran las puertas del cielo, pero también parecían como dos personas que se besaban, no sé cómo definirlas, pero sentía una atracción que no podía quitar la mirada de ellas.

No paraba de mirarlas, era como si una pequeña cabeza se apoyara en otra y formara esa puerta, quería llegar y cruzarla, me imaginaba como la chica de *Outlander*, que la tocaba y viajara en el tiempo, apareciendo no sé en qué época, porque la medieval no me gustaría. Había leído también *La chica del pelo azul*, que también viajó en el tiempo y apareció en esa época, pero claro, en los libros todo era muy bonito y se encontraban con caballeros medievales, pero guapísimos y con cuerpazos estupendos, y eso no me lo imaginaba en la vida real.

Estaba tan hipnotizada en las piedras y en mis pensamientos que estaba tiesa como las propias rocas. Solo hacía mirar y pensar, y no era capaz de seguir hacia ellas.

Estaba en eso cuando alguien por detrás me dijo:

—Buenos días. O buenas tardes, como prefieras.

Miré y allí, a mi ladito, estaba Pedro.

—Hola, buenos días, aunque más bien ya buenas tardes, porque ya ha pasado el mediodía —le dije con sonrisa pícara.

—¿Qué haces por aquí tú sola?

Le hice un pequeño resumen de mi visita a la aldea y lo que buscaba en las piedras, yo sabía que allí no iba a encontrar nada, eran todo fantasías mías, pero me hacía mucha ilusión ir y atravesarla y nunca se sabe…

Él me miraba raro, pensando que se había encontrado con la loca de la aldea, pero poco a poco se fue integrando en mi historia e igual hasta se veía de caballero medieval; al pensarlo me dio risa y vi que él también se estaba riendo de mis historias.

—¿Y tú qué haces por aquí?

Me estuvo contando lo que me había dicho Regla en el desayuno, que era un sevillano que estaba allí por doble motivo, trabajo y descanso. En ningún momento me dijo a qué se dedicaba, simplemente que se sentía muy estresado y había cogido el trabajo extra aquí para desconectar y cambiar un poco de ambiente.

Resultó ser de lo más agradable, aparte de guapo; como buen andaluz era extrovertido y divertido, la sensación de seriedad que vi en él el día que me lo encontré en Orense no tenía nada que ver con lo que ahora veía.

Nos habíamos sentado en una piedra para contemplar las maravillosas vistas de las grandes piedras y, con la conversación, allí nos habíamos quedado.

—Venga, ¿te animas? —me dijo, señalando las piedras.

—No, ve tú, te espero aquí, por si acaso no vuelves —dije riéndome.

Quería vivir ese momento sola, después de tanto pensarlo y ver historias quería disfrutarlo; Pedro era una persona muy agradable, pero sólo hacía media hora que había hablado por primera vez con él y no quería contar mi intimidad por ahora. Además, cuando vas acompañada de alguien que no conoces no te fijas igual porque vas pendiente de la otra persona.

Estuve creo que más de una hora allí sentada pensando en mi propia historia y me encontraba tan a gusto que saber que tenía que volver me daba mucha inquietud.

Sabía que había vida después de dejar a una pareja y que había felicidad y alegría; era feliz en mi trabajo y disfrutaba, así que necesitaba esa calma para continuar, era una persona que siempre había sido muy positiva y alegre y extrovertida, y esa Alma tenía que volver.

Había intentado muchas veces conocer a alguien, me apunté a una *app*, pero, o yo no escogía el perfil que gustaría, o simplemente una vez que me conocían tampoco les gustaba yo, porque todos caían en agujeros negros y desaparecían y otros pues querían lo que querían, así que era otro de los motivos de venir aquí y volver a ser yo sin necesidad de estar con nadie y disfrutar de una independencia voluntaria.

El tiempo se me paso superrápido, se estaba tan bien en esa parte de la aldea… Un sol que calentaba lo justo para no tener frío y ese silencio donde se podía oír todo, el movimiento de las hojas de esos árboles tan hermosos, que parecía que se hablaban entre ellos; los pájaros, que eran el coro de ellos. Me estaba poniendo de lo más romántica y nostálgica, así que me levante para ver si veía a Pedro.

Me empecé a acercar porque no lo veía y aquello estaba tan solitario que era muy raro que ni oyera pasos; empezó a darme un poco de inquietud, porque ya me estaba imaginando historias fantásticas y me lo veía vestido de escocés con su faldita y despeinado y sucio de venir de vuelta de una batalla. Estaba tan metida en mi historia que, cuando una mano me tocó el hombro, solté un grito que se me oiría en todo el bosque. Era Pedro, que había salido por detrás y ni lo había oído llegar.

—Alma, me has asustado a mí del grito que has soltado.

—Perdona, pero llevaba un rato y al ver que habías desaparecido de mi vista me he acercado y mira el susto que me has dado.

—¿Qué te imaginaba que era? —me preguntó con una sonrisa que me encantó, porque noté mucha sinceridad. Igual me equivocaba, como me había pasado tantas veces, pero no sé si era por el entorno, me había parecido una risa de verdad.

Volvimos hacia donde había dejado el coche; nos iríamos juntos porque ya era hora de comer.

Me estuvo contando que le había encantado el sitio y que había unas piedras que tenían forma a modo de una puerta que parecía una entrada hacia algún lugar, pero realmente lo que se podía contemplar eran dos vistas diferentes de la aldea; por un lado se veía un paisaje y, por el otro, el contrario.

Estaba encantado y, por supuesto, dispuesto a volver y sacar buenas fotos desde allí; ya me contó que era un apasionado de la fotografía.

Estaba trabajando, pero a la vez un poco de vacaciones, que le hacían mucha falta, como ya me había comentado anteriormente.

No me dijo nada de su trabajo y yo tampoco conté cosas de mi vida, estuvimos hablando de mis historias de piedras y mis imaginaciones, pero de una forma distendida y muy a gusto hasta que llegamos a Villa Úrsula.

—Alma, me ha encantado encontrarte y he pasado una mañana muy agradable. Espero coincidir contigo otro día y me cuentes tu experiencia.

—A mí también me ha gustado y ya te contaré cuando las cruce y vuelva del pasado.

Empezamos a reírnos y nos fuimos directos al comedor, a ver qué delicia tenía hoy doña Úrsula para comer.

El comedor estaba casi al completo y olía a las mil maravillas; doña Úrsula había hecho una *caldeirada* de pescado al estilo gallego y, si sabía igual que olía, tenía que estar para chuparse los dedos…

Nos sentamos en la misma mesa donde estaban Pura y Juanjo, y la verdad es que fue una comida con sobremesa de lo más agradable.

Nos tomamos unos orujos y después el grupo se separó; nos quedamos Pura y yo cotilleando un poco, coincidíamos en que era muy raro el cambio de actitud de Pedro hacia nosotras, o igual tal vez el serio no era real y sí él extrovertido que habíamos conocido hoy, con lo cual preferimos pensar que el de hoy era el verdadero Pedro y el serio se había ido.

11

Esa noche había descansado muy bien, mi cerebro no me había despertado para pensar y me había dejado dormir plácidamente.

Había amanecido muy nublado, no sabía si llovería o se mantendría así; hacía fresco, pero se estaba bastante bien.

Dejé el coche donde siempre. Todo estaba solitario, como de costumbre, y ninguno de mis nuevos amigos estaba por allí.

Así que me sentía más tranquila, disfrutando el paseo, y cuando me di cuenta estaba justo debajo del camino que subía a las piedras.

Las observé y me encantaron por cómo estaban distribuidas, parecían muchas cosas: una pareja besándose, o una madre y un hijo y, lo que más decían los lugareños, las puertas del cielo.

Hice muchas fotos desde abajo y empecé a subir ese caminito; era estrecho, pero se podía andar muy fácilmente por allí.

Subí despacio, contemplando el paisaje que desde allí se veía; no tardé mucho en hacerlo, miré hacia la aldea y la vista era preciosa. Tantísimos árboles y aquellas casas que un día tuvieron vida, familias enteras y niños corriendo y jugando, niños que se hicieron hombres y marcharon de allí, y poco a poco todo se iría olvidando, pero siempre quedaría la esencia de lo que aquello fue.

Miré hacia adelante y con esta imaginación mía toqué las piedras, cerré los ojos e, ilusa de mí, que pensé de verdad que me iría al pasado y yo sola empecé a reírme; valiente tontería, con todo lo que se podía observar y no creer en esos mundos, pero esas cosas son las que nos hacen tener ratos de imaginación y así tener la mente despierta.

No sé si era porque estaba muy mentalizada de que ese viaje me haría bien y que volvería renovada que crucé esa puerta con mucha ilusión y a la misma vez estaba emocionada de haber tomado esa decisión de viajar hasta allí y hacerlo sola, al pasar me vino un golpe de aire fuerte que me movió los pelos y me asustó un poco, porque fue como si me hubiesen soplado en la cara. Al terminar de pasar esa puerta esa sensación de viento desapareció, pero yo sentí de pronto una tranquilidad y una paz interna que no tenía; sigo pensando que estaba sugestionada de tanto pensar en lo que habría, pero si esa paz durará mucho tiempo, pues bendita sugestión.

Al otro lado se veía un paisaje diferente, no se veía la aldea, solo campo y vacas pastando por allí, también se veía como un parque eólico y yo misma pensé que por eso había tenido el golpe de viento en mi cara.

Me di la vuelta y decidí volverme; el día se había nublado y no fuera a llover y quedarme allí tan sola.

En el camino de vuelta iba pensando un poco en mi vida, en cómo había decidido hacer ese viaje y cómo estaba segura de que la vida me cambiaría, y yo estaba dispuesta a cambiar y a olvidar.

Estaba aparcando el coche cuando vi que Pedro me había visto llegar y me estaba esperando en la puerta.

—Hola, Alma —me saludo al bajarme—. ¿Vienes de la aldea?

—De allí vengo, he estado un rato en un castillo medieval, me han invitado a unos vinos, ¡y ya estoy de vuelta!

Ambos empezamos a reírnos y entramos hacia el comedor.

Le estuve contando mi experiencia y decidimos que al día siguiente iríamos juntos.

Me sentía feliz y ciertamente no sabía el porqué, pero intuía que algo me estaba ocurriendo.

Entramos al comedor y ya estaban allí Pura y Juanjo. Empezamos con el vinito y poco a poco nos fuimos soltando y dijimos que ciertamente iríamos los cuatro al día siguiente a la aldea. Fue una comida de lo más agradable y divertida que no había tenido en mucho tiempo, y sería de los muchos recuerdos bonitos que me llevaría, sin haberlo pensado estábamos creando una pequeña familia que, espero, durara para siempre.

Terminamos la comida y nos subimos a descansar un poco. Yo quería mirar el correo y hacer algunas llamadas, así que nos separamos.

Estuve haciendo mis cosas e intenté dormir un rato, pero no pude hacerlo porque me sentía en tensión, diría que estaba nerviosa, pero ciertamente no tenía ningún motivo para sentirme así, con lo cual decidí irme al salón, que seguramente me encontraría con alguien que me daría un rato de charla.

No me equivoqué; al entrar en la sala vi a Juanjo sentado en su esquina y con su libro en la mano.

Me acerqué por detrás, él no me había visto entrar y le puse la mano en el hombro.

—Buenas tardes, Juanjo —le salude.

—Alma, qué susto me has dado, no te había oído entrar.

—¿Qué haces? —e pregunté con tono alegre, porque me pareció verle un poco triste.

—La verdad es que estaba estudiando un poco. Aprovecho el tiempo, que dentro de tres meses son los exámenes del MIR y con esta historia que me ha pasado tengo la mente en blanco.

—¿Y qué tal vas?

—Tenía ganas de hablar contigo, porque últimamente nunca estamos un rato solo.

Nos pedimos una copa y empezamos a hablar.

Me contó que Antonio le había llamado hacía dos días, se pidieron perdón y lloraron juntos.

Pasado el día de la muy sonada bronca decidió marcharse solo e ir a su casa; necesitaba estar con los suyos y sentir su cariño, porque se había sentido muy solo y a la vez muy vacío interiormente, y sobre todo, con mucha tristeza por el engaño.

—Alma, me encuentro mucho mejor después de esa conversación, pero necesito hablar con él mirándolo a los ojos.

»Me contó que las chicas se fueron juntas y que no estaban tan dolidas como nosotros; eran, al fin y al cabo, culpables de ese engaño y seguramente estarían hasta relajadas de que todo se hubiese descubierto.

»Lo cierto es que llegamos a un punto donde nos entendimos los dos y supimos que ambos habíamos cometido errores y, con el grado de confianza que teníamos, nos faltó esa conversación antes de que Juanjo diera el paso él solo.

»En fin, Alma, nos faltó esa charla; ellas seguirán su vida y seguramente juntas, pero a nosotros nos la habían partido cuando mejor estábamos.

»Pero, ¿sabes, Alma? Esto es primicia, me ha pedido el sitio donde estoy y cualquier día aparece por aquí para volvernos juntos.

—Juanjo, no sabes cuánto me alegro de eso, creo que os merecéis ambos ese reencuentro antes de volver a la rutina y estaré superencantada de conocerlo y ver que se merece ese amigo que tiene.

Me levanté y mi impulso fue ir a darle un abrazo; el chaval se lo merecía, porque había demostrado que era muy buena persona y se merecía ser feliz, se lanzó al vacío pensando que era lo mejor para todos y, bueno, todo nos equivocamos en algún momento de la vida.

—¿Qué celebráis con ese abrazo?

Se oyó de pronto detrás de nosotros. Era Pedro, que, con la emoción, ni lo habíamos oído entrar.

—¿Me puedo sentar con vosotros?

—Por supuesto, aquí somos ya una pequeña familia y juntos todos mejor.

—Pues venga vamos a tomarnos una cerveza juntos y brindemos por nosotros —dijo.

Echamos unas risas y estaba claro que íbamos a tener una buena noche de charlas y complicidades.

Esa noche me quedé despierta bastante tiempo; había sido una noche de charlas, risas y copas que me habían dejado con una sensación de bienestar. Estuve pensando en mí y en mi historia, lo mal que me había sentido después de aquel engaño que me causó tanto dolor, cómo quise buscar un amor para quitarme ese vacío y nada había funcionado, y yo le había puesto empeño y me sentía culpable por no conseguirlo. Este pensamiento me venía muchas veces a la cabeza y siempre llegaba a la misma conclusión: que me quedaría sola siempre y así no volvería a pasarlo mal nunca.

Pero desde el día que me encontré con Pedro a solas, mis pensamientos habían cambiado porque me sentía tan relajada al lado de él, sus charlas y sus risas me habían despertado sentimientos que estaban muy dormidos. Decidí que viviría los días que me quedaban allí con intensidad y que el destino jugase y decidiera el final.

Me desperté muy temprano y me sentía muy contenta y dispuesta a pasar una buena mañana con mis amigos nuevos, así que me prepare para bajar a desayunar y reunirnos.

12

La mañana estaba ideal para le excursión, hacía fresco, pero no demasiado, y mucho sol; estábamos teniendo mucha suerte porque el tiempo nos había acompañado y solo nos había llovido uno o dos días, así que había que aprovechar y disfrutarlo, que nos quedaban todavía bastantes días.

Fuimos en mi coche y lo dejamos donde siempre y, entre risas, empezamos a caminar hacia las piedras.

Juanjo iba delante con Pedro y nosotras dos detrás, cotilleando a los chicos.

Me daba mucha ternura Juanjo y a Pura le pasaba igual, así que no pude resistirme y le conté un poco la historia del chico.

—Pobre chaval, es muy joven y habrá sido un palo para él por doble motivo amigo y novia.

—Puri, es que él tiene el cargo de conciencia de que se adelantó al amigo y que debería haber tenido antes una conversación y contarle sus sospechas.

—Alma, la juventud que actúa por impulso y de esos sabemos nosotras algo, ¿verdad?

—Ya te contaré un día.

Con la conversación nos habíamos quedado atrasadas y los chicos estaban parados esperándonos.

—Pero bueno, chicas, de qué estabais hablando, que os habéis quedado detrás —nos dijo Pedro.

—Cosas de chicas —y empezamos a reírnos.

Me lo estaba pasando genial, me sentía tan bien que no quería que esas vacaciones acabaran nunca, que el tiempo se parase tal cual estábamos.

Llegamos a las piedras y subimos hacia ellas. Pedro iba el primero y se estaba riendo entre bromas de mí y de mis fantasías, al final todos nos integramos en el tema y queríamos que, al tocarlas, fuésemos capaces de regresar al pasado; cada uno queríamos a una época diferente, en el fondo lo que queríamos era huir de nuestro presente y no tener que pensar en ningún problema, ni sufrir, ni volverlo a pasar mal; estaba metida en mi caparazón y salir me iba a costar mucho.

Pura quería resolver su vida y tomar una decisión que la hiciera más feliz o poder encontrar esa felicidad que todos buscamos.

Juanjo, como joven que era, tenía toda una vida llena de ilusiones que ahora tenía perdidas, pero el tiempo lo arregla todo y volvería a encontrar el amor y sería un buen médico, y todo quedaría como historia de juventud.

Pedro, por insinuaciones que había estado diciendo en algunas conversaciones, se notaba que tenía algo triste guardado y no se atrevía a abrirse a nosotros por ahora.

Y yo buscaba encontrarme a mí misma y ser feliz estando sola o en compañía, y aprender o encontrar a esa persona de mis sueños, o simplemente ver mis propios errores y así poder evitarlos.

Pero lo que más me importaba y deseaba era saber realmente qué quería yo y buscar mi felicidad.

Estuvimos haciendo fotos y decidimos irnos para pasarnos las fotos y hacer un grupo de WhatsApp y así poder seguir siempre en contacto y que esos recuerdos quedaran en nuestras mentes.

Llegamos a la hora de la comida donde últimamente éramos como una pequeña familia, y eran comidas que se unían con merienda y cena.

En principio nos sentamos los cuatro, pero sabíamos que el grupo se ampliaría.

No parábamos de hablar de lo bonito del sitio que habíamos escogido para pasar las vacaciones y contábamos lo típico de nuestras tierras, nos reíamos porque para cada uno lo nuestro era lo más bonito.

Estábamos en los postres cuando nos interrumpieron.

—Buenas y animadas tardes, chicos —nos dijo Andrés.

—Hola —le dijimos todos al mismo tiempo.

—Andrés, hace algunos días que no te habíamos visto, no sé si has coincidido con Juanjo, nuestro joven. A Pedro sí sé que le conoces —le dije.

—La verdad que no le conocía, pero encantado. ¿Puedo sentarme con vosotros?

—¡¡Por supuesto!! —Y le hicimos sitio rápidamente.

Nos estuvo contando que había tenido bastante trabajo y eso conllevaba a comidas y sus correspondientes sobremesas.

Era muy buen hablador y le gustaba mucho su trabajo, con lo cual lo llevaba muy a gusto.

Le estuvimos contando nuestras reuniones y se apuntó, se tomaría el día libre e iría con nosotros la mañana siguiente.

Subimos a descansar un rato y quedamos para, en un rato, bajar.

No tenía muchas ganas de subir, así que decidí quedarme mirando el correo, pero mi soledad no duró mucho porque llegó Andrés y se sentó conmigo.

Le estuve preguntando y contando un poco los cotilleos de los últimos días y así ya de paso pude profundizar un poco en su vida.

Me dijo que en su parte profesional estaba muy a gusto, le gustaba y tenía buen sueldo y a la vez estaba fuera de su casa, porque la parte afectiva iba en picado hacia abajo.

—Pero, Andrés, si tienes niños pequeños, ¿cómo prefieres eso?

—Alma, la casa me agobia, he sido una persona que he vivido mucho y he sido muy libre, conocí a mi mujer muy joven y nos hicimos novios estando en el instituto y estudiamos los dos empresariales juntos, y de verdad que éramos muy felices y veíamos el futuro juntos; yo encontré trabajo en una empresa antes que ella y decidimos casarnos y en principio vivir con un solo sueldo. Más tarde empezó ella a trabajar y, Alma, éramos la pareja ideal, nuestra casa, nuestros viajes, porque nos encanta viajar, haciendo lo que nos daba la gana… éramos muy felices.

»Hace pocos años ya veíamos que nos estábamos haciendo mayores y pensamos en que había llegado el momento de tener un hijo o se nos pasaba el arroz, así que nos costó un poco pero al final llegó uno no, dos. Al principio fenomenal, mi suegra vino a echarnos una mano y se quedaba incluso a dormir allí con nosotros; Marisa decidió dejar de trabajar. Durante los primeros años fue un poco agobiante, no nos daba tiempo de nada, se unía la mañana con la tarde y la noche, no dormíamos bien y eso nos fue mermando y así todos los días; me sentía como un pájaro en una jaula, quiero muchos a mis niños, pero con Marisa todo ha cambiado, ya nada es igual y no soy feliz.

»Ella está dedicada al cuidado de los niños, vive para ellos y yo ya he pasado a un segundo plano, solo me apetece estar fuera de casa y hablar de mil cosas que no sean niños y casa.

Yo en ese tema no tenía experiencia, porque decidí tener a mi hija sola y había sido muy feliz criándola, y ese agobio no lo había sentido. Así que le dejé que el pobre se desahogara y seguimos hablando.

Había cambiado de trabajo y, con la excusa de ganar más dinero y ahora que los niños iban al cole, pudo irse a la industria farmacéutica y de esa forma tendría tiempo para él, pues se planteó hacer jornadas completas y al menos una vez al mes estaba fuera de casa unos días.

Tenía negocios por esta zona y la casa de doña Úrsula la convirtió en su lugar donde él se encontraba a gusto y se relajaba. Pero claro, eso estaba dando lugar a que su matrimonio no fuese a mejor sino al contrario, puesto que le costaba más estar en la casa y responsabilizarse de su vida.

Esa conversación nos mantuvo hasta bien entrada la tarde y estábamos en ello cuando llegó Juanjo y nos acompañó.

Andrés hizo muy buenas migas con Juanjo y este hasta le contó un poco su historia ahora que estaba más tranquilo y esperando la llegada de su amigo.

Al poco rato entramos en el comedor a cenar, donde se unieron Pedro y Pura, y por fin fue una cena todos juntos.

Hubo muchas risas y hablamos todos largo y tendido, los observaba a todos y se veían tan felices y relajados... y me incluía; yo, igual que ellos, me sentía muy dichosa de haber tomado la decisión acertada.

Dudé mucho en hacer ese viaje, pero necesitaba estar sola, hacía mucho que me sentía apagada, tenía una crisis de sentirme con la autoestima muy baja, había tenido tan mala suerte en el terreno amoroso que llegué a pensar que no valía nada como mujer, me miraba al espejo y no me veía guapa, todo en mí era malo. Aquí estaba pensando que igual no era yo, sino lo contrario, ellos; que esas citas que había tenido por una aplicación no eran correctas, bien porque ellos buscaban lo que yo no buscaba o igual yo no estaba ni preparada ni abierta a encontrar, y claro, en mi interior les encontraba mil fallos e igual eso se notaba y ellos lo intuían y por eso no volvían a llamar más. Siempre había oído que, como animales que somos, cuando estábamos preparados para tener una relación, nuestro cuerpo soltaba un olor que la otra persona lo captaba y se lanzaba; estaba claro que mis poros estaban obstruidos y no soltaban nada, y mi pituitaria tampoco funcionaba, a ver si aquí con tanta naturaleza se me despejaba todo.

Estaba tan absorta en mis pensamientos que, sin darme cuenta, me había quedado en blanco con la reunión y no me estaba enterando de nada; fue Pura la que se dio cuenta.

—Alma, ¿dónde estaba tu mente ahora mismo? Se te veía totalmente como en éxtasis.

La miré con mirada pícara y empecé a reírme.

Terminada la cena y recena se retiraron pronto, pero con la promesa de que al día siguiente lo repetiríamos otra vez.

Pura y yo nos quedamos atrás y me propuso tomarnos algo las dos solas.

Acepté porque creo que las dos necesitábamos esa conversación.

—¿Te pasa algo, Alma? Antes estábamos hablando y me di cuenta perfectamente de que no te estabas enterando de nada —me preguntó.

—Llevas razón, la cabeza se me fue totalmente y mis pensamientos fueron más fuertes. Sé que no estuvo bien, pero ellos pudieron más.

—No pasa nada, hija, cada una tenemos nuestras cosas y es lo normal. Yo vine aquí a tomar decisiones y no soy capaz de ello, me encuentro tan bien hablando con vosotros y haciendo lo que me gusta que me da angustia el pensar qué hago.

Nos pedimos una copa y empezamos a hablar; continuaba enamorada de Pepe y una parte de ella le decía que no podía seguir de esa manera, pero la otra parte tenía miedo a tomar esa decisión y quedarse sola.

Nunca lo olvidó ni tampoco rehízo su vida, no intentó conocer a nadie más y no volvió a estar con ningún hombre después de aquello.

Yo la entendía, porque cuando te enamoras de esa manera eres incapaz de volver a amar tan fuerte otra vez.

Me había enamorado tan fuerte que, cuando me enteré del engaño, estuve rabiosa mucho tiempo, y más por esa mentira, pero al cabo del tiempo, si él hubiese vuelto, pienso que igual se lo hubiese perdonado del enganche que tenía. Ahora ya con la frialdad del tiempo pasado sé que hubiese sido la mayor locura cometida.

Al contrario que Pura, yo sí quise buscar para poder empezar desde cero con una persona. Me metí en una aplicación, pero de todos cuantos he conocido, con ninguno he tenido esa química y, como dije ya, creo que no estoy preparada para abrirme al amor, y la cosa es que no sé por qué, yo quiero y lo intento, pero una vez que me siento a tomar una cerveza, sin darme cuenta e instintivamente me sale la coraza que llevo dentro y automáticamente me quiero ir, y claro, ellos lo tienen que notar, porque ninguno volvía a llamar ni a aparecer, por supuesto.

He dejado de creer en las aplicaciones y pienso que el conocerse cara a cara y mirarle a los ojos será lo que de verdad valga la pena.

Por eso la entendía perfectamente y sabía que le iba a costar mucho tomar esa decisión.

—Pura, es una decisión muy dura, pero es lo que tiene que hacer porque, con el tiempo y poniendo de tu parte, te vas a alegrar.

—Sé que llevas toda la razón y gracias a estos días que estoy viviendo me encuentro más fuerte y tomaré el camino adecuado.

Pepe era un caso similar a Andrés, en el fondo todos estábamos conectados por algo y buscábamos ser felices en nuestras vidas.

—Tienes que hablar con él, Pura, ser sincera y pedirle que, si de verdad te quiere, que él también se sincere contigo y te diga cuáles son sus planes de futuro. ¿En estos días te ha llamado?

—No, yo le pedí que no lo hiciera y así pensábamos independientemente uno del otro, pero, Alma, pensé que estos diez días que llevamos aquí alguna llamada me haría porque me echaría mucho de menos, pero me he equivocado, ni llamada, ni WhatsApp; pienso que se ha quedado muy tranquilo en este tiempo e igual no tengo que tomar ninguna decisión porque la va a tomar él antes de que yo hable con él.

—Pues mira, te facilitaría el camino, porque esa conversación cuando los dos pensáis lo mismo sería mucho más fluida y seguramente no habría reproches.

—Alma, sería una conversación desde el cariño y podríamos terminar de una manera bonita, voy a esperar una semana más y si sigue sin decirme nada le voy a escribir yo, y así le voy aclarando sus ideas.

—Ojalá todo termine bien y sobre todo para ti, que te lo mereces.

—Otra cosa que te quiero preguntar, ¿te has dado cuenta con los ojitos que te mira Pedro? No me vayas a decir que no te has dado cuenta, que te veo también cómo le miras con el rabillo del ojo.

La mire y empezamos a reírnos; con la conversación se nos había venido la hora encima, así que nos fuimos a descansar, que el día siguiente sería un nuevo día y llegaría cargado de cosas nuevas.

13

No descansé bien esa noche; el revivir mi historia junto a la de Pura me hizo darle vueltas a la cabeza, las nuestras y la de Pepe y Andrés tenían mucho en común, porque los cuatros éramos víctimas del desamor, así que me levanté con mucha energía y estaba dispuesta a cambiar de una vez el rumbo de mi vida, me sentía joven y me veía una persona extrovertida y alegre y no estaba dispuesta a quedarme sola toda una vida; había conocido lo que era el amor y quería sentir otra vez lo mismo o más.

Bajé a desayunar y me encontré allí con Pura, que estaba hablando con Regla; me senté con ella y le propuse irnos a Pontevedra y tener un día de excursión juntas, le pareció estupendo y al cabo de una hora estábamos de camino hacia allí. Había menos de una hora de distancia, así que pasaríamos una buena mañana.

A las dos nos gustaba ver las iglesias y los edificios típicos, por lo tanto éramos compañía bastante agradable para ambas.

El camino trascurrió hablando todo el tiempo y con música de fondo; llegamos sobre el mediodía y fuimos directas a aparcar el coche y empezar a caminar por sus calles.

A las dos nos gustaba mucho el marisco y sería nuestro día de darnos placeres, y el primero sería darnos un buen atracón de mariscos.

Pontevedra no es una ciudad muy grande y pudimos dejar el coche cerca del casco histórico y así podernos mover cómodamente. Estuvimos visitando el santuario y sus famosas plazas, y en una de ellas nos sentamos a tomarnos algo y decidir dónde comeríamos sus famosos mejillones y nuestro premio: ¡¡un centollo!!

La verdad que pasamos una mañana estupenda, las dos estábamos muy animadas y con muchas cosas en la cabeza que nos harían rectificar y hacer esos cambios en nuestras vidas que tanto deseábamos. El tiempo nos había acompañado, con lo cual no podíamos pedir más.

En el camino de vuelta no paramos de hablar y comentar todo lo que habíamos visto y comido. Estábamos pletóricas cuando llegamos a la casa, entramos un poco ruidosas y nos encontramos de frente con Pedro, que iba hacia la sala.

—Pero dónde vais con esas risas —nos dijo riéndose él también.

—Venimos supercontentas de nuestra excursión y nos reíamos de la aventura —le dije yo.

—¿Os tomáis una copa?

—Yo subo un momento y en un rato bajo —dijo Pura.

—Venga, te esperamos aquí —le dije.

Entramos en la sala y nos sentamos tranquilamente; yo sabía que ese rato de charla sí quería aprovecharlo; si quería saber algo de su vida, tenía que ser en ese momento.

La conversación empezó sola, nos preguntamos nuestras profesiones y ya todo fue fluyendo.

Le conté que era psicóloga y que tenía una consulta en Cádiz que me funcionaba medianamente bien. Cuando le pregunté a qué se dedicaba él no me lo podía creer, toda la vida me ha encantado el trabajo de detective privado o dentro de la policía o algo similar; de pequeña hice una solicitud para hacerlo en una academia de esas privadas que había antes y cuando mi padre recogió la información en el buzón le dio un patatús, y por supuesto no me dejó, y ya de mayor se me pasaron las ganas, pero a día de hoy me seguía gustando mucho. Pues resulta que Pedro tenía una empresa de detectives en Sevilla y había venido hasta Orense por un caso que le habían encargado y aceptó venir personalmente él para cambiar un poco y aprovechar y tomarse unas vacaciones.

—Alma, lo que sí te pido es que no lo digas, porque son cosas delicadas y no quiero que se enteren de a qué me dedico.

—No te preocupes, no voy a decir nada, pero que sepas que un tiempo fue la profesión de mi vida. ¿Y el caso está resuelto?

—Casi listo, era una cosa sencilla y común, pero ha llegado a mi oficina porque la persona es familia de mi socio y me lo pidió por la confianza que les une.

Después me estuvo contando que estaba separado, había tenido pareja mucho tiempo y se casó muy enamorado, y al poco tiempo de casado se enteró de que la mujer se enamoró de otra persona sin haberlo pensado y casi sin darse cuenta se había ilusionado y que, para no hacerle daño, se lo confesó y decidieron separarse; no había hijos de por medio, así que todo había sido rápido. Esto había pasado hacía dos años, pero aún le dolía contarlo y se estaba recuperando poco a poco.

Yo le estuve contando un poco mi historia, mi engaño y mi búsqueda por encontrar a otra persona.

—Pedro, a pesar de todo sigo creyendo en el amor y estoy segura de que, aunque a mí me ha ido mal, hay que pensar que no todo el mundo es igual y aquí me estoy dando cuenta de que también hay personas diferentes y que hay que estar preparada para que esa persona te encuentre.

—Totalmente de acuerdo, nos metemos en nuestra coraza y si no nos asomamos pues ni nos ven ni nos oyen. ¿Qué buscas, Alma?

—No lo sé, creo que no hace falta buscar, simplemente cuando aparezca esa persona sabré que es ella.

»Alguien que me haga sentir bien, sin inquietudes, que pueda tener una buena conversación y que me sienta segura a su lado sabiendo que no me va a mentir y, sobre todo, que podamos reírnos los dos juntos. ¿Y tú?

—Pues igual, y añado que compartamos gustos similares para vivir cosas junto.

La verdad que me sentía tan a gusto que no quería que apareciera nadie para que no interrumpieran ese momento tan bonito.

Pero, mi gozo en un pozo, a los diez minutos aparecieron todos para cenar.

Pura se me acercó y me dijo que había bajado y nos vio tan bien a los dos hablando que no quiso molestar y se volvió a subir otra vez.

De camino al comedor le fui diciendo que, efectivamente, estaba súper a gusto con Pedro y que me hubiese llevado toda la noche hablando con él.

Ciertamente no sabía el porqué, pero sentía una sensación que nunca tuve o no me acordaba del tiempo que hacía que no la sentía.

Me había vuelto tan desconfiada y me daba tanto miedo, que el tener esas sensaciones me traían tantas inseguridades que no quería ni pensar.

La noche fue como estos últimos días, estábamos tan bien y era todo tan bonito que no parecía real; era como sacado de una novela, la cena se estaba convirtiendo en el momento del día para tener esos encuentros todos juntos. Durante el día más o menos cada uno hacía lo que más le gustaba, pero esas conversaciones nocturnas eran divinas.

Nos fuimos a descansar yo estaba cansada de la excursión del día, así que fui la primera en levantarme y detrás me siguió Pedro.

—Alma, un momento —me dijo en la puerta de mi habitación.

—Dime.

—Una pregunta, mañana tengo que ir a Orense para una cosa del trabajo que te comenté y, como me dijiste que te gustaba mucho esa profesión, me gustaría que me acompañases y así me ayudas y te cuento de qué va.

—¿De verdad? Claro que voy, me encantaría, que ilusión ver un caso en directo.

—Pues desayunamos y nos vamos. Ah, y no te pongas llamativa que vamos de incógnito —y empezó a reírse—. Hasta mañana, entonces.

—Hasta mañana, la primera estaré desayunando.

14

Estaba superilusionada, no me lo podía creer, ya me veía como una auténtica espía, totalmente camuflada y escondida por las esquinas. La noche se me iba a hacer eterna, ya quería que amaneciera para ir al espionaje y también, para no engañarme a mí misma, estar con él a solas y sin que nadie viniera a interrumpir nuestra conversación.

Estaba cansada y no me costó dormirme, pero estaba ya despierta supertemprano para prepararme para la aventura. Le hice caso y no me vestí de colores llamativos, me puse vaqueros y camisa oscura, cogí una gorra y mis gafas de sol y me fui a desayunar.

Ya estaba Pedro desayunando cuando entré.

—Buenos días, Alma. Vas como una auténtica detective, no te falta ni un solo detalle. La gorra y las gafas de sol han sido todo un acierto —dijo riéndose.

—Buenos días, me dijiste que nada llamativa, pues yo, obedientemente, te he hecho caso, así que preparada.

Estuvimos desayunando tranquilamente hablando un poco de todo, desde el grupo de amigos al tiempo que hacía —por cierto estaba nublado y con fresco pero era mejor así—.

Antes de que viniera el grupo a desayunar salimos nosotros del comedor para coger camino de Orense.

Como buen profesional yo no sabía que se había traído el coche, la verdad que yo no se lo pregunté y tampoco él no lo había dicho, así que me llevó a la parte de detrás de la casa y allí estaba su coche, un Toyota azul metalizado, nos montamos y nos fuimos.

No le había dicho nada a Pura de que me iba con Pedro, pero daba ya por hecho que doña Úrsula se lo diría cuando bajase a desayunar.

Por el camino me estuvo contando casos de su trabajo, algunos eran más interesantes, pero otros eran los típicos de maridos y esposas celosos que buscaban las pruebas de un posible amante.

Y este era el caso; el encargo venía porque la hermana de su socio, que era gallega al igual que él, tenía muchas dudas de su marido y su hermano se había ofrecido para hacerle una investigación, pero claro, él no podía hacerlo porque el investigado lo reconocería a la primera, así que se lo contó a Pedro y se lo pidió y él aprovechó para tomarse unos días de vacaciones a la vez que le hacía el favor.

Con esta conversación tan interesante el camino se me hizo supercorto y, cuando me di cuenta, estábamos buscando un sitio para dejar el coche.

Fuimos hasta una plaza pequeña de allí y nos fuimos directos a una cafetería que había en una esquina.

—Alma, a partir de ahora todo es confidencial y no lo puedes comentar.

—A sus órdenes, jefe —le dije entre bromas y nerviosa.

—¿Ves esa cafetería grande de la otra esquina?

Estábamos sentados en un ventanal desde donde veíamos perfectamente a todo el que entraba y salía de allí.

—Pues en esa cafetería va a entrar el cuñado de mi socio. Gracias a un contacto que tengo aquí he averiguado que viene todos los días aquí, algunas veces acompañado y otras solo; por el día de la semana que es, se supone que hoy vendrá acompañado.

Nos pedimos un café y dispuestos a esperar a que viniese el personaje.

Pedro empezó a preparar sus cosas, él traía una mochila, pero ni se me ocurrió pensar qué es lo que llevaba allí dentro, sacó un cámara de fotos más bien pequeñita pero con un pedazo de objetivo que me imaginé que sería para hacer fotos a distancia.

Yo estaba alucinando, y eso que era un caso común que pasaba demasiadas veces, y pensaba en otro que fuese de más envergadura y sería la movida espectacular.

Pensando en todo aquello, Pedro me avisó de que el objetivo estaba llegando.

—Alma, va a entrar en la cafetería, atenta,

No me podía creer cuando lo vi entrar.

—¡Pedro, es Andrés!

—No te quería decir quién era para que tú lo vieses.

Ahora me di cuenta de que Andrés últimamente no coincidía desayunando ni comiendo; alguna que otra vez habían coincidido por la noche y había hablado con Pedro pero parecía una cosa normal del grupo.

—¿Y Andrés no sospecha que tú estás aquí por él?

—Él no sabe a qué me dedico, sabe que conozco a su cuñado, pero no sabe nada; estoy de vacaciones y casualmente hemos coincidido aquí.

—Ahora entiendo cuando lo vi serio y que incluso le pregunté si le pasaba algo.

Estuvo haciéndole fotos; Andrés no se había puesto al lado de la ventana pero estaba en una posición donde se le veía perfectamente cualquier movimiento.

—Pues bueno, ahora a esperar, porque si viene hoy y se le puede hacer fotos mi trabajo habrá terminado.

Le estuve contando que había hablado con él una tarde que se sentó allí y que me había dicho su problemática familiar y le había entendido en parte, e incluso le aconsejé en algunas cosas.

En un momento dado me dijo:

—Qué suerte hemos tenido, está a punto de entrar la otra parte del objetivo.

—¿Pero tú la conoces ya?

—Y tú también, mira hacia la puerta.

Pedro estaba preparado para su reportaje y yo no quitaba ojo de la puerta, de pronto me di cuenta de quién era ella y me quedé con la boca abierta:

—Pedro, ¡¡¡es Regla!!!

Ahora entendía también por qué algunas mañanas no la veía en el desayuno y aquella mirada que vi un día y no me había pasado desapercibida.

No quise distraer a Pedro porque me imaginaba que estaba muy pendiente de algún gesto o beso para poder demostrar la infidelidad. Sabía que eso no era correcto, pero me daba pena de Andrés, porque a mí me caía bastante bien, aunque tampoco lo conocía.

Se les veía bastante bien juntos, tenían una conversación que tenía que ser muy agradable porque compartían risas y estaban casi todo el tiempo cogidos de la mano. Pedro no paraba de hacer fotos esperando el beso, que al final sí que lo hubo; dejamos que siguieran su charla y nos relajamos nosotros.

—¿Qué me dices, Alma?

—Te acabo de contar lo que yo sé, pero no me imaginaba que era ella; es verdad que cada uno tenemos una historia y opinar de la de los demás pues no me corresponde.

—Para mí es un trabajo, yo solo lo he visto una o dos veces en Sevilla, cuando he hablado más con él ha sido aquí.

—Me dan ganas de hablar con él.

—Ni se te ocurra decirle esto, que es el cuñado de mi socio y me lo ha pedido como un favor y no puedo defraudarlo.

—No te preocupes, que me dan ganas, pero no le voy a decir nada —y empecé a reírme.

Lo que menos quería yo era enfadarme con Pedro, cuando estaba de lo más a gusto con él, a pesar de las sorpresas.

Al cabo de un gran rato salieron de la cafetería los dos juntos y se despidieron con un abrazo.

—Creo que mi trabajo aquí está ya terminado, ordenar un poco las fotos y dejar las mejores para sacarlas a papel.

—Pedro, ¿entonces ya te vas?

—Me voy de aquí para tomarnos una merecida cerveza, ¿no te parece?

—Por supuesto.

—Ahora voy a quedarme unos días más para descansar y hacer un poco de turismo por la zona. Venga, vamos, que hoy te invito yo a comer.

Fuimos a comer a un sitio muy bonito y típico de la zona, no pude parar de hablar en toda la comida de todo lo sucedido, estaba alucinando, no por lo que había pasado, sino por los personajes.

Andrés me caía muy bien y había sido con el que había hablado primero, y encima me había contado su problemática e incluso lo entendía. A Regla no la conocía, solo había cruzado alguna frase, pero nada más; se la veía buena chica, pero no podía decir nada de ella.

Pedro me comentó que tampoco la conocía y con Andrés había hablado también muy poco, habló más con él el día que fuimos a las piedras juntos, pero no le había contado nada de lo que yo le conté.

Comimos muy bien y decidimos tomar algo antes de irnos.

Me sentía tan bien, era una sensación de bienestar que ya se me había olvidado que se podía estar tan bien con alguien.

Hablamos de nuestras vidas, pero sin contarnos intimidades, realmente eso era parte de nuestro pasado, que todos lo tenemos y no nos interesaba a ninguno; importaba el presente y era lo que de verdad, al menos por mi parte, me interesaba.

El día había transcurrido de la mejor manera que yo me podía imaginar, emociones desde la mañana hasta llegar al hostal.

Nos metimos por la parte de detrás para dejar el coche donde él lo tenía guardado, el día había estado muy nublado y ya era más de la media tarde y estaba oscureciendo. Apagó el contacto y nos quedamos allí sin movernos.

—Gracias, Alma, ha sido un día maravilloso.

—Gracias a ti, he disfrutado como hacía mucho y he tenido una compañía de lo mejor.

Me acerqué para darle un beso en la mejilla y no sé cómo surgió, pero al acercarnos nos rozamos los labios y fue un beso intenso el que hubo, fue un torbellino de emociones que me hizo vibrar entera.

No se cuánto duró, pero desde luego fueron los mejores segundos desde hacía mucho mucho tiempo; me separé, lo miré a los ojos y muy tranquilamente me fui; no sé si hice bien en ese momento, pero en el fondo seguía siendo una tonta que esperaba que él se bajase detrás de mí, pero no fue así.

Me fui deprisa hacia mi habitación y al día siguiente ya vería.

15

Esa noche dormí muy mal pensando en lo que había pasado y cómo fui tan tonta de salir corriendo como siempre, sintiendo lo que había sentido con ese beso.

Me arreglé para bajar a desayunar y esperando no encontrármelo, porque, sinceramente, no sabía qué le diría.

Llegué al comedor y allí estaba hablando con Pura.

—Alma —me llamó Pura—, ven, siéntanle aquí.

Me acerqué y me dio mucha vergüenza mirarle a los ojos; había tenido una actitud de adolescente y la verdad es que no sabía qué decir ni hacer.

—Estábamos aquí hablando, que a Pedro le gusta mucho también el mundo de las plantas y quiere que le dé algunas clases mientras estamos aquí, así que nos vamos a la aldea, que hoy hace un día perfecto.

—La verdad es que estamos teniendo un otoño perfecto, con razón le han puesto a la estación «veroño».

»Pero la verdad que prefiero quedarme aquí hoy, tengo que contestar algunos correos de pacientes míos.

—Nosotros nos vamos, nos vemos a la hora de la comida.

—Adiós, chicos, pasadlo bien.

Pedro me miró fijamente y no pude retirarle la mirada, pero necesitaba mi tiempo, no quería demostrar tanto desde el principio; sería una tontería, había vuelto a sentir, pero también había vuelto mis inseguridades que pensaba estaban ya olvidadas, y en horas mi autoestima había vuelto a caer y no quería por nada del mundo volverme a sentirme mal conmigo misma.

Estuve casi toda la mañana en mi habitación con la cabeza puesta en cosas del trabajo, pero que cada poco se desconectaba sola para dar paso a ese beso que no era capaz de verlo como una despedida de ese día tan bonito, y esa sensación volvía una y otra vez, así que decidí dejar el trabajo y bajar a tomarme una cerveza, y eso fue lo que hice.

Al llegar a la sala oí mi nombre y era Juanjo, que estaba allí sentado con su cerveza.

—Alma, ven, porfa, que estoy muy contento y quiero contártelo.

—Qué alegría me das, cuenta, cuenta.

—Mi amigo Antonio viene mañana, pasaremos unos días juntos e igual nos volvemos juntos, que tenemos que preparar ese examen que es nuestro futuro.

—Eso ahora mismo es muy importante, porque es vuestro sueño: ser médicos especializados y espero que de los buenos, que yo seré una futura paciente vuestra —y empecé a reírme.

Estuvimos allí en la sala un buen tiempo; de vez en cuando vi pasar a Regla, que estaba preparando las mesas para la comida, estaba sonriente y pletórica y, viendo experiencias pasadas no quería que sufriese como lo había hecho Pura o yo mismo; como no podía decir nada, decidí hablar de cosas normales con ella.

Pasamos al comedor y nos sentamos en una mesa grande porque sabíamos que alguien más vendría y se uniría a nosotros.

No me equivoqué, porque al poco tiempo llegaron Pura y Pedro, que venían muy contentos, sobre todo Puri, que había estado encantada de hablar y enseñar unas de sus grandes pasiones.

Nos saludamos muy alegremente, Pedro me miró muy pícaramente, pero sin dirigirnos en ese momento la palabra; sí hubo muchas risas y charleta y más cuando Juanjo les dijo que al final venía su amigo a casa de doña Úrsula. Todos le felicitamos, incluido Andrés, que había entrado en ese momento en el comedor.

La comida transcurrió igual que siempre, cada uno contaba anécdotas de su vida y terminábamos riéndonos todos.

Terminada la comida, cada uno se fue a descansar, pero, sinceramente, me hice la remolona para ver lo que hacía Pedro; comprobé que él estaba haciendo lo mismo que yo, así que terminamos en la sala con una copa.

—Alma, ¿estás enfadada? ¿Te pasa algo conmigo? Si crees que ayer me pasé, te pido mil disculpas.

—Para nada estoy enfadada, simplemente soy yo la culpable y la que tengo que pedir disculpas por salir corriendo de esa forma. No esperaba ese beso y me cogió totalmente fuera de juego.

—¿No te gustó? Lo hice porque fue lo que sentí en ese momento, fue un día muy bonito y me salió del corazón.

—Me encantó, Pedro, pero también me asustó porque volvieron sensaciones que creía tenía olvidadas y no era así, siguen dentro de mí.

—Espero, Alma, que sigan y no se vayan nunca, eres una persona impresionante y muy digna de que te dejes conocer tal cual eres, sin ningún tipo de coraza.

»¿Te apetece que vayamos a las piedras? Todavía nos quedan un par de horas de luz y me gustaría ir contigo ahora.

—Venga, ¿en tu coche o en el mío? —y empezamos a reírnos.

Evidentemente cogimos el mío, que estaba en la puerta y a los quince minutos estábamos andando hacia las piedras; fue un paseo muy dulce, ya conocíamos el camino, pero fue diferente. No había nadie a lo lejos, se veían a algunas personas del lugar; realmente no veíamos lo que estaban haciendo o lo que estaban buscando, pero realmente me daba igual y creo que a él también, me había cogido de la mano y me sentía como flotando en una nube, me sentía feliz en ese momento.

Llegamos a las piedras y nos sentamos para contemplar ese maravilloso paisaje y sobre todo aquel silencio tan hermoso que había.

—Pedro, te reitero mis disculpas, porque me tendría que haber quedado y no salir corriendo, pero fue un impulso.

—Alma, te soy totalmente sincero, cuando me separé, me prometí a mí mismo no sufrir por una mujer, pero desde que te vi el primer día algo me volvió a pasar, porque te tengo desde entonces en mi cabeza y no sales.

—Dirás que voy a repetir lo mismo, pero lo pienso. Sufrí una gran mentira y por nada del mundo quiero hacerlo otra vez, cuando veo que me hago más sensible, digamos, automáticamente me coloco la coraza y quiero pasar página, pero tu beso me hizo sentir y me dio miedo despertar a la Alma que está dentro.

Nos estábamos mirando a los ojos y la atracción fue tan grande que, sin pensarlo, nuestros labios se unieron en un apasionado beso que dio lugar a un segundo y a un tercero.

—No sé en qué va a terminar esto, puede ser una locura de este sitio o si llegaremos a algo más, pero creo que debemos dejarnos ir y que todo vaya fluyendo poco a poco y ver que todo es real y que puede funcionar.

»Además, vivimos a una hora de distancia, así que tenemos un obstáculo menos, ¿qué me dices?

—El primer día que te vi me dije «Mira qué guapo es el chaval que está solo en esa mesa» y encima te vi un día que me fui de excursión yo sola y te vi comiendo en un restaurante muy trajeado y te observé todo el tiempo; me parecías tan guapo, pero a la vez tan serio... Pero, con los días aquí, he comprobado que guapo sigues siendo pero triste para nada.

»Vamos a ir viviendo el día a día e iremos viendo cómo va funcionando, estamos muy cerca y no tenemos problemas en vernos, nos queda una semana por estar aquí y vamos a vivirla sin miedos y el tiempo nos irá diciendo.

Le miré a los ojos y esta vez fui yo la que le volví a besar.

—Nos vamos a tener que ir, que nos queda poca luz y aquí no hay farolas.

Nos fuimos para el coche y verdaderamente casi casi estaba anocheciendo y, porque iba con él, pero daba un poco de miedo esa poca luz y tanto silencio.

Al poco tiempo ya estábamos en el hostal dispuestos a tomarnos una cerveza.

—Pedro, por ahora no diremos nada, que no quiero bromitas, ¿eh?

—Totalmente de acuerdo.

Entramos en la sala y allí estaba Juanjo superemocionado y deseando que pasara la noche rápidamente.

—Menos mal que entra alguien, con las ganas que tengo de compañía; estoy supernervioso de que llegue el día de mañana. No sé cuándo lo vea cara a cara por dónde vamos a empezar.

—Juanjo le dije, déjate llevar y serán las palabras que te salgan del corazón y las que le salgan a él.

—Venga, vamos a pedirnos unas cervecitas y brindemos por un mañana.

Yo sabía que esa frase tenía doble sentido, así que apoye ese brindis.

La cena transcurrió como siempre, con risas y charlas y muchas miradas entre Pedro y yo, que esperaba no se dieran cuenta los presentes.

Estaba pletórica y a la vez tenía una sensación muy rara, porque en el fondo sentía miedo a lo que podía suceder, pero por una vez en la vida iba a dejarme llevar por lo que sentía sin pensar y que todo fuese fluyendo.

A las copas se unió Andrés, que había estado trabajando; venía muy serio, pero con la alegría de Juanjo no le preguntamos nada y seguimos con lo nuestro, lo miré y en sus ojos vi tristeza y supuse que algo le pasaba.

Nos despedimos y todos deseando que llegase Antonio y ver cómo reaccionaban los amigos.

16

Creo que madrugamos todos pensando en Juanjo, que se había convertido en nuestro niño y ya queríamos que todo le saliese bien.

Estábamos casi todos desayunando y era extraño coincidir a esas horas, pero ahora nos habíamos convertido en sus protectores y allí estábamos, en alerta.

Estaba nervioso, pero deseando verlo y tener esa conversación que lo tenía sin sueño.

—Me ha llamado Antonio, que llega sobre las doce a Orense, así que voy a ir a recogerlo, Regla tiene cosas que hacer allí y aprovecho y me va a llevar.

Pedro y yo nos miramos porque nos imaginábamos las cosas, y además porque Andrés era el único que no estaba en el desayuno.

Estuvimos dándole ánimos y diciéndole que todo iba a salir bien y que por la tarde estarían juntos como los verdaderos amigos que eran y todo volvería a la normalidad.

Vino Regla a avisarle y se fueron y allí nos quedamos los tres, pensando en el chaval y a la espera de que volviesen; nos había dicho que se quedarían a comer por allí para estar tranquilamente hablando.

—Bueno, chicos, ¿y ahora qué hacemos? —dije.

—Pues creo que tenemos un día espléndido de otoño y nos merecemos un paseo por esta naturaleza gallega —me dijo Pura.

—Pues venga, vámonos. Pedro, ¿te apuntas?

—No, me voy a quedar aquí que quiero hacer unas llamadas laborales y así aprovecho, porque creo que esta tarde vamos a estar muy distraídos —y empezó a reírse.

Nosotras nos fuimos a dar un paseo por la aldea y así también hablaríamos tranquilamente las dos.

—Alma tienes un brillo en los ojos y Pedro una carita que te mira embelesado, ¡así que ya me dirás lo que está pasando!

Le estuve contando nuestras excursiones, pero por supuesto obvié la historia de Andrés y Regla. Sí le conté que había mucha atracción entre los dos y por supuesto habían saltado chispas que hacía mucho no tenía y había surgido ese beso que ambos deseábamos y, para no mentir, por mi parte creo que desde el primer día que lo vi.

—Alma, eso es estupendo, estáis muy cerca el uno del otro y no tenéis ningún problema para veros cuando queráis e irá fluyendo todo, tiempo al tiempo.

—Me da mucho miedo de empezar algo nuevo, pero siento cosas muy fuertes y tampoco quiero dejar que pase este tren, vivo con esa coraza de pensar que me van a volver a mentir o simplemente yo no le atraiga lo suficiente para que se enamore de mí, pero, Pura, estoy sintiendo cosas demasiado fuertes y estoy dispuesta a coger ese tren, y si me tengo que bajar de él, pues me bajo cuando llegue el momento; al menos ese trayecto lo habré disfrutado.

»La última vez que lo intente no me salió bien y volví a caer en mentiras y en cosas negativas que al final lo único que consigo es sentirme yo mal y que mi autoestima caiga cuesta abajo. Así que me lo he propuesto, voy a empezar a pensar más en mí y disfrutar lo bueno que venga.

—Mira, tú vales mucho y no solo por un físico bonito, sino por otros muchos valores. Igual no eran las personas adecuadas y los que aparecieron eran los equivocados. Disfrútalo y no pienses en un futuro, lo que tenga que llegar pues llegará. Mírame a mí, que pensaba en un amor para siempre y aquí estoy, pensando no volver a verlo más.

—¿Y tú cómo vas? —le pregunté

Habíamos llegado y estábamos camino de las piedras para sentarnos allí; lo cierto era que ese silencio y esas vistas invitaban a relajarte y a pensar muchas cosas y poder sincerarnos con una persona que había conocido tan solo hacía diez días.

Me estuvo diciendo que el día anterior ya no aguantó más y le mandó un wasap, y a los diez minutos él la llamó.

Hablaron de muchas cosas, sobre todo de su pasado, pero también de lo que querían para su futuro; lo notó muy raro, estaba serio y, sobre todo, muy seco.

Pienso que no sabía cómo empezar el tema que los afectaba a los dos; para darle más facilidad a dicho tema ella le preguntó que cómo llevaba estos días que estaban separados, que ya eran casi quince, y ella esperaba otra respuesta, pero su sorpresa fue lo contrario a su pensamiento, pensó que su decisión sería más difícil porque pensaba en el fondo una declaración de amor.

—Alma, imagínate lo que me dijo, resulta que estando solo con ella y tener ese tiempo que, según él, yo le quitaba, pues se había vuelto a reencontrar con ella y con sus hijos, hacían cosas en común que había olvidado, daba la impresión de que yo tenía la culpa de aquel distanciamiento, me hizo sentirme muy mal, como si yo fuese la que me hubiese metido en medio de su relación.

»Alma, en ese momento fue como si me hubiesen dado con un palo en la cabeza y yo no hubiese vivido lo vivido y era yo otra persona, no sé ni cómo me salía la voz, porque lo que menos quería era llorar y mucho menos por teléfono.

»Ella le daba esa oportunidad que los niños se merecían, ellos querían estar con su padre como lo habían tenido anteriormente y que ella seguía enamorada y nunca le había dejado de amar y siempre sabía que algún día él volvería.

Pura se echó a llorar desconsoladamente y se me abrazó.

—Alma, yo le pedí el tiempo y le dije que tenía que pensar en su vida y tomar una decisión; creí que iba a ser yo quien la hubiese tomado y al final ha sido él quien me lo ha puesto más fácil.

»Además, ha sido un cobarde porque si no lo llego a llamar, me hubiese enterado una vez que hubiese llegado a Extremadura y me hubiese pasado otra vez lo mismo de cuando éramos novios, y no me merezco que él me vuelva a hacer daño otra vez.

—¿Y qué piensas hacer?

—Pues mira, ya han pasado dos días y ahora me alegro que sea él el que me lo hubiese dicho antes de que yo hablase, yo ya había decidido que esto no podía seguir y mucho más estando todos juntos y ya lo tengo todo pensado.

»Mira, no te lo vas a creer, pero ayer llamé a recursos humanos de mi empresa y he pedido el traslado donde pueda y que sea en la parte de Andalucía, así que me voy y ojalá me lo puedan arreglar y no tenga que pisar el mismo sitio donde él está ahora mismo trabajando.

—Me alegro una barbaridad y creo que es la mejor decisión que puedes tomar, poner tierra de por medio es sanador para ti, no te lo vas a encontrar y no vais a hablar, y de esa forma podrás rehacer tu vida; verlo todos los días es dañino para ti.

—Ojalá me diesen el sitio de Sevilla o Málaga, que son las vacantes, y así estaría cerca de vosotros, además, Sevilla tiene la playa de Cádiz cerca y Málaga tiene también mar. He llorado al contártelo y lloré cuando colgué el teléfono, pero desde ayer que me dijeron los sitios vacantes estoy muy contenta y sé que es lo mejor para mí, y ahora es cuando siento que puedo hacer mi vida sola, puedo viajar y empezar cosas nuevas que pensé que no podría y ahora es como si me hubiese quitado esa venda que tenía en los ojos y de golpe me he desenganchado de esa droga que me estaba matando interiormente, con lo cual, me voy para Andalucía.

—Nos conocemos desde hace poco tiempo pero han sido días muy intensos y te he cogido mucho cariño y estoy feliz por ti, y porque ahora sí que ha llegado tu momento.

Nos levantamos y nos pusimos de regreso, que se nos había hecho tarde para comer y hoy nos esperaba una tarde movida.

Llegamos y desde fuera se olía la comida de doña Úrsula, que, como siempre, sería maravillosa; volveríamos con una cura espiritual, pero también con algunos kilos de más —y yo misma me sonreí—.

Ya estaba en la mesa Pedro esperándonos.

—Ya pensaba que hoy comía sólo —nos dijo.

—Nos pusimos a hablar con esa tranquilidad de estar de vacaciones y poder hacerlo relajadamente, así que ni vimos la hora, pero ya estamos aquí.

Fue una comida tranquila, esperábamos ansiosos la llegada de los chicos, queríamos ver cómo había sido el encuentro.

Nos fuimos a la sala a tomar algo y ver cómo transcurría la tarde.

—Subo un momento a la habitación y ahora mismo bajo —nos dijo Pura.

Nos quedamos solos y fue tal la atracción que, en cuanto estuvimos solos, nos miramos a los ojos y nos besamos.

—Alma, cuántas ganas tengo de estar contigo solos, como aquel día, y disfrutar de tu compañía.

—Mañana nos podríamos tomar el día y hacer cenita y copas, ¿te parece?

—Pues sí, me parece, que ya nos quedan pocos días y tenemos que aprovechar todos los momentos.

En ese instante escuchamos voces y risas que entraban y eran los chicos.

Venían supercontentos, los dos con risas y fuertes voces. Entraron en la sala y se acercaron.

—Chicos, os presento a mi amigo Antonio, mi amigo y mi hermano; ellos son Alma y Pedro y aquella que está entrando es Pura.

Nos estuvo contando por encima solo, puesto que no estaba solo, que habían hablado y se habían pedido perdón y que todo volvía a ser como antes, aunque quedaba mucho por hablar aún, pero ahora era el momento de disfrutar estos días.

Eran chicos jóvenes y guapos y se merecían lo mejor, y que esto quedara como historia del pasado que algún día contarían; dentro de unos años habrían rehecho sus vidas y esta historia quedaría en el pasado.

Le contamos todo lo que habíamos vivido y lo bonito que era todo aquello y, por supuesto, que lo llevaríamos a la aldea. Antonio estaba encantado de oírnos y ver el ambiente que teníamos allí.

—Bueno, chicos, voy a subir a que deje la maleta en la habitación y hacer la entrada de él, ahora nos vemos en la cena —nos dijo Juanjo.

Nos quedamos como tres marujas cotilleando un poco, al lado de ellos ya nos veíamos mayores y nos sentíamos con mucha más experiencia que ellos

Pedimos cervezas para seguir con el cotilleo, que, por cierto, nos las trajo Regla, que, curiosamente, también venía muy sonriente. Yo, sabiendo la historia que sabía, pensé que algo habría pasado y ojalá fuese bueno para ambos, porque Andrés me caía muy bien y le había cogido mucho cariño.

Esa noche nos reunimos todo el grupo y estuvimos hasta muy tarde hablando.

Antonio se encontraba muy relajado y se le veía contento; ellos fueron los protagonistas, se presentarían al MIR y querían ser los dos cirujanos cardíacos, todo dependía de las notas y dónde ir. Por supuesto, querían ir juntos, y eso ya lo verían.

Nos despedimos esa noche, creo que todos estábamos eufóricos, cada uno por sus motivos personales, pero en el fondo todos teníamos algo en común.

Ellos irían a ver la aldea y yo muy contenta porque pasaría el día con Pedro.

17

Tardé mucho en dormirme, pues estuve pensando que, como la vida me estaba dando una oportunidad sin buscarlo y sin pensarlo, quería encontrarme y ser feliz sola, pero encontrar a ese alguien especial ni me lo había imaginado, no quería sufrir ni volver a llorar, pero sí quería saber lo que pasaría y estaba dispuesta a intentarlo, venir a ver Vichocuntín y estar delante de esas piedras había sido por algo, el destino me había llevado a ellas.

Pensé también en Pura, ella también llegó buscando una respuesta y, sin saber nada del lugar, acudió allí a ciegas buscando no sabía qué y las piedras le habían dado las respuestas a sus preguntas, y gracias a esas respuestas ella había tomado su propia decisión.

Juanjo llegó perdido sin pensar ni tan siquiera en lo que quería; era un niño perdido y triste que buscaba ese amor de su amigo de toda la vida que ya había dado por perdido después de aquella bronca, se había encontrado solo, sin amigo y sin esa persona especial con la que podía haber funcionado.

La aldea, ni sabía que existía, se dejó llevar y encontró este hermoso lugar y esa paz que en esos momentos necesitaba, amigos con quien hablar y que le dieron cariño y ese apoyo que gritaba y sobre todo pensar en todo lo que había pasado; las piedras le habían dado eso que él demandaba y, para colmo, le habían devuelto a su amigo del alma.

Si seguía, estaba Pedro; también llegó casualmente, no buscaba nada, pero había ido para hacer un favor en modo trabajo a su amigo y se había visto envuelto en esta tormenta que estaba pasando en casa de doña Úrsula sin haberlo ni pensado, ni planeado, y muchísimo menos imaginarse encontrar a ese alguien después de esa gran desilusión; yo estaba convencida de que, para mí, la búsqueda del amor había terminado y ahora mismo me sentía como una adolescente, y ese pensamiento me hizo reírme, porque también había ido y había tocado esas piedras y me dije a mí misma que yo iba con mis historias de fantasías y, al final, claro que había magia en esa piedras, estaba tan metida en esos pensamientos cuando me di cuenta que me faltaba Andrés, que él sí que era de allí, y nunca había subido hasta allí y tampoco había oído hablar de ellas hasta que se lo dijimos nosotros.

Algo había mágico que por ahora nos había dado a todos felicidad e ilusión de cosas diferentes que indirectamente estábamos buscando, todos habíamos llegado huyendo de algo y buscando también ese algo que no sabíamos qué era.

Tocar esas piedras había hecho que viéramos un arcoíris en nuestra imaginación, y en esos colores se mezclaban todos nuestros sueños; ojalá antes de irnos viéramos un arcoíris allí arriba.

Después de todos esos pensamientos me quedé dormida.

Me desperté muy sobresaltada, había sido como si estuviesen llamando al timbre de una puerta y tenía tanto sueño que no podía abrir los ojos e ir a abrir. Me agobié porque no sabía si había sido todo real o en sueño, me senté en la cama y pensé: «Alma, que aquí no hay timbre, así que nadie ha llamado a la puerta». Y es que pensé que había sido mi madre o mi familia los que llamaban. Me metí en la ducha para espabilarme y llamar a mi casa y ver que todo estaba bien, ahora era el momento de disfrutar el día y que hoy igual salía ese arcoíris por detrás de nuestras vidas.

Bajé a desayunar y allí estaba ese hombre que me estaba removiendo por dentro; era muy guapo y recién duchado como estaba con ese pelo mojado aún me parecía más guapo. Pensé que las piedras me habían traído de otra época a un personaje griego, siempre había puesto a mis novietes algún que otro defecto, pero a Pedro no se lo veía. Sin darme cuenta me estaba enamorando y en el fondo sentía tanto miedo...

Estaba solo, me senté con él y estuvimos desayunando muy tranquilamente, con sobremesa incluida. Me extrañaba que no hubiese nadie, pero ya me explicó Regla que, aprovechando que no llovía ni tampoco se esperaban, los chicos se habían ido a hacer un poco de senderismo por la zona y que el resto no sabía.

Decidimos irnos a Pontevedra y pasar allí el día. Cogimos nuestras cosas y salimos.

—¿A dónde vais tan rápido? —nos dijo Pura, que estaba entrando en el comedor en ese momento.

—Nos vamos de excursión, ¿te apuntas? —le dije, pero pensando que me dijese que no y me sonreí.

—Gracias, chicos, pero estoy liada con lo del traslado y he quedado que ahora en un rato me llamarán y seguramente me confirmarán mi nuevo puesto, así que ya después nos vemos y os contaré.

Ya en el coche le estuve contando a Pedro la historia de ella y su decisión de hacer un traslado y empezar desde cero con su vida.

—Ya te dije, Pedro, que las piedras eran mágicas; no nos vamos a otra época, pero sí nos están trayendo muy buenas energías a todos.

Le estuve contando todos mis pensamientos de la noche anterior, no me tomó en serio y empezó a reírse.

El trayecto era corto, así que no tardamos en llegar; estuvimos como una pareja normal haciendo turismo, me había cogido de la mano y me sentía como una adolescente. Estaba feliz y no quería pensar en nada más. Disfrutaba de cada beso que nos dábamos y solo pensaba que parase el tiempo y allí me quedaría.

Hablamos de mil cosas y también de cómo nos iría cuando volviésemos, pensamos que, como los dos vivíamos solos, estaríamos los fines de semana alternando Cádiz y Sevilla.

Hablamos de Andrés, que todavía él no sabía nada de que su mujer le había puesto un detective.

—Pedro, tienes que hablar con él antes, ya le conoces y va a ser cada vez más difícil y además lleva unos días que lo veo más alegre, creo que pasa algo.

»Mira, si te parece, sin decirle nada, voy a intentar cogerlo a solas y preguntarle cómo está y ver si me cuenta algo, y así puedes tú hablar con él.

—Verdaderamente llevas razón, mañana a ver si te tomas una cerveza y se confiesa con esta psicóloga tan guapa que tengo enfrente.

Nos reímos y nos abrazamos. «Qué suerte», pensé, qué buena decisión fue venir aquí.

—Vamos a tomarnos una copa, que después de esta comida nos lo merecemos.

Pasamos toda la tarde de un sitio a otro, hablando y, sobre todo, dándonos cariños. Estaba de lo más a gusto y no quería que el día se acabara, pero ya teníamos que volver porque se estaba poniendo demasiado romántica la cosa y estábamos en mitad de la calle y encima empezaba a llover.

Llegamos a la casa ya bien entrada la tarde y escuchamos risas en la sala, y allí estaban los chicos con Pura y algún que otro chupito encima.

—Alma, Pedro, venid, apuntaos a una ronda.

Ya estábamos un poco pasados en chupitos, al menos yo, que no conducía, pero uno más no me haría daño.

Nos unimos a aquella minifiesta; estaban de celebración, Pura ya tenía concedido el traslado y se incorporaba al nuevo centro que inaugurarían antes de Navidad en Huelva. Estaba supercontenta, cerca y a la vez lejos de su casa; podría visitar a su familia y tendría el mar, que era lo que más deseaba.

—Alma, ni me lo podía imaginar, sabía que ponían otro centro a funcionar pero no pensé que ni tan pronto, ni que el puesto de jefa sería para mí, y es que ni lo había hablado, han sido ellos quienes me lo han propuesto y ni lo he pensado, he dicho que sí a la primera.

»Cómo me ha podido cambiar esta decisión. Sólo pienso en empezar de nuevo, el resto se me ha ido de mi mente, no te digo que no me acordaré, pero esto me puede mucho más.

—Es normal, en la vida alguna vez deseamos cambiar malos momentos o malas decisiones, pero nos sentimos atrapadas y lo único que deseamos es volar a otro sitio y buscar esa felicidad que tanto deseamos.

Ya le estuve contando que a mí también me había cambiado la vida, buscaba algo que ya daba por perdido y que ahora no era el momento ni de buscarlo ni tampoco de encontrarlo, ahora tocaba el paso siguiente. Llegaba el camino a la realidad de cada uno, volver cada uno a su vida real; lo primero, que mi hija lo aceptara como una cosa normal en su vida y lo quisiera tanto como yo estaba empezando a quererle, y que él también la aceptara en su vida con mucho cariño.

—Pero bueno, ¿qué hacen aquí mis chicas favoritas en ese rincón? ¿Os estáis confesando? —y empezó a reírse.

—Ven aquí, Juanjo, siéntate con nosotras y cuéntanos qué tal.

Nos estuvo contando que estaban muy contentos, habían hablado mucho y se habían pedido ese perdón que tanto deseábamos; Antonio se había enfadado mucho por no haberle contado la sospecha, pero también lo había entendido, porque lo había hecho por el cariño que se profesaban y el miedo a perder esa amistad.

De las chicas no sabía nada, ellas se fueron juntas y no se despidieron y él tampoco quiso encontrarlas, él volvió a Zaragoza con sus padres y una vez que estuvo más tranquilo, la llamó y hablaron, y bueno, le deseaba lo mejor y que encontrara esa felicidad que también buscaba.

En ese momento lo único que sabía es que poco a poco las familias lo aceptaban, puesto que lo que querían era la felicidad de sus hijas.

—Lo único que deseo de verdad, chicas, es que no coincidamos en el mismo hospital ni la misma especialidad, porque yo, ya sabéis, me vine para aquí y no hablé nunca más, y la verdad es que tampoco quiero volver a coincidir con ella y, al igual que Antonio, le deseo lo mejor y que encuentre su camino sin mentiras y que su corazón la guíe.

—Bueno, bueno, ¿se ha trasladado la reunión a este rincón? —nos dijo Pedro—. Venga, dejaos de confesiones y vamos a cenar, que Antonio se aburre conmigo.

Con risas nos fuimos a cenar, nos quedaban pocas noches para que ese grupo nos separásemos, pero lo que sí quedaba claro es que ya seríamos amigos para siempre.

La cena transcurrió muy relajada, todos contándonos nuestro día y nuestros nuevos proyectos.

Los niños, porque eran como nuestros niños, estaban eufóricos. Pensaban en el examen y sacar buena nota para que sus sueños se hicieran realidad.

Pura encantada de su traslado, y Pedro y yo manteníamos esa cara de hacernos un poco los locos, pero con esa complicidad en la mirada, no quería mentirme a mí misma, pero deseaba pasar una noche con él.

18

La noche terminó con muchas alegrías y también con muchos chupitos encima; ya nos íbamos a descansar cuando apareció Andrés, que también venía muy contento. Se sentó con nosotros y nos pedimos una última antes de irnos de retirada. Pedro me miró y yo sabía que era a ver si podía hablar con él, porque en unos días él también se iría, o incluso antes, y Andrés tenía que saber el encargo que su mujer hizo.

Se integró a la reunión perfectamente y con el carácter que él tiene no le costó unirse a las bromas y anécdotas que estábamos contando.

Ya era muy tarde cuando poco a poco la reunión se fue retirando y nos quedamos solos Pedro, Andrés y yo.

Pedro fingió subir a la habitación y nos dijo:

—No os mováis, que subo a coger una cosa y bajo a enseñárosla.

Yo sabía por el guiño que no bajaría y me daba vía libre para esa conversación.

—Andrés, te veo muy contento, ¿qué tal te va todo? —le dije.

—Tenía muchas ganas de hablar contigo, porque sabes un poco mis problemas y me puedes aconsejar un poco, y además eres psicóloga —y sonrió—. Como ves, Alma, me he quedado más tiempo de lo que yo pensaba, pero tenía que solucionar esto.

»Ya te dije que este es mi refugio de mis problemas y de mis agobios, y cada vez que vengo aquí me cuesta más irme, aquí he encontrado esa paz que me falta, trabajo más a gusto y después vuelvo aquí y, lo más serio, vuelvo como si volviese a mi casa, porque también he encontrado el amor que tuve y ya no tengo.

—Pero, Andrés, tienes a tus niños, que esos jamás los puedes olvidar.

—A ellos nunca los olvido, pero no sé cómo explicarlo, cada vez todo está peor en casa con ella, pero a mis hijos no me los quito de la cabeza y por esa parte me encuentro mal.

—¿Y tu mujer?

—Mi mujer se ha dado cuenta de que cada vez mis viajes son más cercanos unos de otros y también duran más.

»Está convencida de que hay alguien y me lo pregunta cada vez que hablamos, y el problema es que no tengo valor de decirle la verdad, y nuestras llamadas se limitan a los niños y hacer videollamadas con ellos. Corto la llamada rápidamente, antes de que empiece con el tema.

—Sabes que es lo peor que puedes hacer, estás huyendo de la verdad y eso no es bueno para ninguno y empeora la situación.

—Ya lo sé, soy consciente de la realidad, pero es que soy tan feliz ahora y no sé qué hacer, porque en unos días tengo que volver, porque el trabajo continúa.

—Lo primero que necesitas es saber si lo que te está pasando es real o simplemente fruto de tu agobio y el estar aquí, en esta paz, lo único que haces es ponerte una venda en los ojos y no quieres pensar en lo que dejas fuera de este paraíso. Y si tus sentimientos son reales, debes afrontar la verdad.

»No eres el primero al que se le va el amor y vuelve a aparecer otro que igual es hasta más fuerte que el anterior, tu experiencia vivida y la madurez que tienes ahora te hacen ver una realidad que antes no percibías y te habías conformado.

»No debes hacer daño a ninguna de las dos, es lo más importante; debes ser sincero y, sobre todo, contigo.

—Alma, me encanta hablar contigo. Llevas toda la razón, pero estoy tan a gusto con ella, me han vuelto todos esos sentimientos que creía que no volvería a sentir, es una persona dulce, guapa y muy educada, no tiene nada que ver con mi profesión, por lo tanto, cuando nos vemos, el tema laboral queda totalmente al lado.

—Te lo repito, Andrés, esto lo tienes que hablar antes de que ella se entere por otro lado, o te pille en alguna frase, o te pille el móvil, o miles de cosas. Te lo digo por experiencia, y al final, la que sufrí fui yo cuando pillé el engaño, y se puede evitar que la otra persona sufra.

—Llevas toda la razón. Estamos a martes y el lunes tengo que trabajar en otra zona, así que tengo que hablar, algo le diré por teléfono para que los niños no estén en casa.

—Que no se diga, que tú puedes con eso y con todo lo demás.

—Ya te diré, porque ella tiene un hermano con un negocio de detectives que, aunque se dedican a otros temas, lo he pensado más de una vez, que le pida ayuda a él.

—Pues entonces no tardes en hacerlo, por si acaso, que una mujer que sospecha, hasta que no sepa la verdad no parará.

Se nos había hecho muy tarde con la charla y ya era hora de retirarnos, así que nos fuimos hacia las habitaciones, que era hora ya de descansar.

Al ir hacia mi habitación y pasar por la de Pedro me sentí tentada de llamar a su puerta, pero no sabía qué hacer. No lo pensé mucho y llamé.

—Alma, qué gusto que vengas. ¿Qué ha pasado?

—Me he quedado hablando con Andrés y me apetecía contártelo.

Después del día tan feliz que había pasado me apetecía darle un beso y desearle felices sueños y tenía la excusa perfecta; por supuesto que no le dije mi pensamiento, pero, por su cara, intuía que él deseaba lo mismo que yo.

Le estuve contando lo que me había estado diciendo, pero me interrumpía a cada instante para decir una broma o mirarme fijamente y terminar con un beso.

Quedamos en que le daríamos unos días para que él pudiese hablar con ella y Pedro no le diría nada, a ver si él lo hacía y ya no le haría falta el informe del detective.

Ya nos relajamos y un beso siguió a otro y así continuamos hasta altas horas. Fue todo maravilloso, como nunca me lo había podido imaginar, un hombre lleno de tanta ternura y tan pendiente de que yo estuviese bien, que me hizo sentirme como la mujer más maravillosa del mundo y, por supuesto, la noche la pasé abrazada a él y pensando que no se acabara y amaneciera muy, muy tarde.

19

Al despertarme pensé que lo había soñado y hasta que lo vi a mi lado no supe que todo era real, y estaba en una nube que no quería salir de ella.

Lo estaba mirando fijamente cuando él abrió los ojos. Me miró con esa dulzura que tenía en su mirada y la atracción fue tan grande que empezamos a besarnos y así continuamos hasta pasada media mañana.

Nunca me había sentido tan bien con un hombre, había sido todo como una bomba de amor que me había explotado sin quererlo en mis narices, me sentía única, querida, amada y como una verdadera reina.

Durante mucho tiempo me había sentido con la autoestima por los suelos, no me sentía ni valorada y mucho menos deseada, con lo cual, ahora era como si me hubiesen dado una inyección, pero de las grandes.

No quería pensar en el pasado y volver a sentirme sola y engañada, así que me puse las pilas y vivir ese presente tan bonito que había aparecido.

Así que nos levantamos con la intención de comer algo, porque nuestros estómagos lo necesitaban, y mi mente, para que dejase de pensar y ahora tocaba disfrutar y dejar que todo fuese fluyendo.

No era hora de desayunar y era muy temprano para comer, aunque ese comedor olía de maravilla a algún guiso que estaría haciendo doña Úrsula; empezamos a buscar y, como siempre, algo encontramos para poder esperar a la comida.

Estuvimos muy tranquilos en aquella sala tan bonita y que nunca me olvidaría de ella, ya era miércoles y solo nos quedaba una semana. Pedro decidió pedírsela de vacaciones y quedarse y volvernos juntos y hacer el viaje cada uno en su coche pero detrás el uno de otro.

Hablamos de muchas cosas y me parecía increíble la cantidad de ellas que teníamos en común, nunca tuve así nadie a mi lado y estaba como una adolescente con su primer amor.

Llegaríamos a nuestras ciudades sobre el jueves o viernes, y ya el lunes tendríamos que trabajar, así que estábamos pensando en ese fin de semana cuando llegó Pura.

—¡Hola, pareja! ¿Qué tal estáis?

—Aquí estábamos, hablando de la vuelta y cómo habían sido estos días y cuántas cosas habíamos encontrado en este escondido paraíso.

—Es verdad, cuánta razón lleváis. Estoy pensando también en la vuelta porque tengo una semana desde que llegue y firme e incorporarme al nuevo sitio.

»Estoy buscando por internet pisos y he visto algunos que no están nada mal, me quedaré en un hotel unos días hasta que me decida por uno. Estoy superilusionada, pensar en una nueva vida y olvidar todo lo pasado y quién sabe qué pasará…

—Eso nunca lo olvides, que la felicidad nunca se sabe dónde la podemos encontrar.

—He hablado con los chicos y se quieren marchar el martes, podrías tú preguntarle a Andrés y quedar este fin de semana todos juntos y hacer algo diferente, ¿no os parece?

—Por mí encantado —dijo Pedro—. Yo también me quedo hasta el miércoles. Y tú, Alma, ¿qué dices?

Sonriendo y guiñándole un ojo conteste sin pensarlo:

—Por supuesto que vamos a organizar algo.

Estuvimos pensando qué hacer para que se convirtiese en algo muy especial que nos llevaríamos en nuestra memoria para siempre.

Ya era hora de la comida, así que entramos los tres en el comedor. Al rato llegaron los chicos, que se notaba cuándo entraban porque venían con tantas risas y voces que nos dábamos cuenta de la juventud y fuerza que tenían, pero que nosotros con algunos años más también las teníamos.

Andrés llegó más tarde, venía bastante serio; yo sabía que algo pasaba, el resto lo atribuyeron a un mal día de trabajo, no habló casi nada en la comida y cuando íbamos hacía la sala me dijo:

—Alma, ¿podemos hablar un momento? Necesito hacerlo. Vamos al comedor, que está vacío ahora.

—Chicos, ahora vamos en un momento, pedid lo de siempre.

—Alma, esta mañana la he llamado —me dijo en cuanto nos sentamos en una esquina del comedor.

—¿Y qué ha pasado?

—Pues no te puedo decir… —empezó a decirme—. Todo ha sido muy extraño, principalmente porque no estaba sorprendida; tampoco puso el grito en el cielo ni tampoco hubo reproches, simplemente me dijo que no le extrañaba esta llamada y que hacía mucho que la estaba esperando, que no era tonta y sabía que algo pasaba, pero quería que fuese yo el que lo dijese antes de que ella empezara a decirme sus sospechas.

—¿Qué le has dicho? ¿Todo lo que llevabas pensado hacía tanto?

—Todo no se lo he contado, Alma, hay una cosa que no sabes y esa no sé cómo decirlo. Yo me quería ir para estar allí el fin de semana y que los niños no estuviesen para poder hablar a solas, pero me ha dicho que no vaya, que le dé el fin de semana para pensar todo.

»Pero hay una cosa muy importante que le tendría que decir.

—Pero ¿qué tienes que decirle más importante de lo que le has dicho ya?

—Alma, es que me he vuelto a enamorar, pero con más intensidad que la primera vez. Desde el primer momento que la vi fue un flechazo como nunca tuve y ella ha sido esa persona que me hace venirme hacia esta casa y sentirme tan bien. Apareció en el peor momento de mi vida y me agarré como tabla de salvación y ha nacido un amor tan fuerte que no puedo explicar.

»Tengo dos hijos y por nada del mundo quiero que ellos lo pasen mal y que me consideren un mal padre, porque no lo soy.

—El amor, Andrés, es así. Crees firmemente que quieres a una persona más que a tu vida y de pronto aparece otra que va cien veces más por adelante de ese primer amor. El amor que nace en la juventud, algunos son eternos, pero otros, con la madurez, te das cuenta de que no era para siempre.

»Yo eso lo puedo entender porque lo sé por experiencia propia, pero como he sufrido mucho y lo he pasado tan mal, cuando se toman ese tipo de decisiones hay que asumirlas y causar el menor de los daños posible.

»Aprovecha que ella sospecha y te lo va a volver a decir y cuéntale la verdad. ¿Ella vive en el mismo sitio que vosotros?

—Alma, ella vive aquí mismo, está en la habitación de al lado.

—¿Quién? —le pregunté, haciéndome un poco la loca—. ¿Pura? —le dije.

—Noooo —y empezó a reírse y ya me dijo quién era. Disimulé muy bien y ya me contó cómo había nacido el amor. Al principio le contaba sus problemas y con el tiempo fue surgiendo el resto, llevaban ya un año y ambos querían estar juntos y empezar de cero.

Regla había tenido alguna relación, pero nada serio, porque se había dedicado en cuerpo y alma al negocio familiar y de allí no se había movido.

Era una decisión importante, pero lo tenían que hacer. Regla temía también por su madre, mujer educada a la antigua usanza, y esto le costaría mucho aceptarlo, pero las madres aceptan todo lo de sus hijos por verlos felices. Mis padres se llevaron un disgusto conmigo, pero después fueron los abuelos más felices del mundo, y donde se ponía esa nieta no se puso ninguno, así que sólo era cuestión de tiempo, y nada en la vida es eterno.

—Andrés, tendrás que coger al toro por los cuernos, como se dice en mi tierra, y empezar a ser felices los dos que todos nos lo merecemos en la vida.

»Vamos con el resto, que estamos intentando hacer algo especial para despedirnos de este maravilloso lugar y por supuesto que vosotros ya formáis parte de esta pequeña familia que hemos creado.

—Gracias, Alma, te agradezco esta terapia, porque me has dicho lo que necesitaba y me has dado ese impulso, y por supuesto que te haré caso y por supuesto que iremos a esa despedida.

Volvimos con el grupo, que tenía pensado que, como despedida, iríamos por la mañana a las piedras; el fin de semana habían

dado buen tiempo y podríamos ir antes de la comida. Doña
Úrsula, que se había enterado, nos ofreció una comida especial
y dejarnos el bar abierto toda la tarde. Pensé en cómo se tomaría
la noticia, pero confiaba que el cariño maternal lo pierde todo
y que Regla seguiría a su lado siempre.

20

La velada transcurrió con muchas risas y emociones a flor de piel, miraba a Andrés y estaba pensativo y cabizbajo, sabía que hasta que no hablase no estaría más tranquilo; era un proceso largo, pero al final todo se normalizaría y cada uno encontraría su camino.

Al día siguiente nos volvimos a encontrar en el desayuno; ya era jueves y queríamos exprimir hasta el último momento, éramos conscientes de que aquellos días no los volveríamos a vivir más. Cada uno teníamos nuestras vidas y en sitios diferentes y sería muy difícil volver a coincidir.

Los chicos empezaban sus sueños, ser cirujanos cardíacos y hacerlo juntos era su fin, si podía ser, o al menos los más cerca posible y lo más lejos de las chicas posible.

Pura empezaba su nueva vida sola y lejos de su tierra, pero feliz por tomar esa decisión.

Andrés y Regla empezarían de cero y el destino decidiría.

¿Y yo? ¿Qué pasaría conmigo? Nunca pensé que me volvería a enamorar o encontrar a esa persona que me hiciera especial, nunca me sentí ni cuidada ni valorada, veía a amigas mías tan felices y yo me preguntaba por qué yo no, ¿no valgo o soy yo la que tengo parte de culpa? O simplemente no soy ese tipo de mujer que ellos buscan, y es ahora, aquí, en este lugar tan escondido y solitario, cuando ya había tirado la toalla, y aparece esa persona que tanto había deseado y soñado que algún día aparecería, no sé lo que pasaría ni tampoco lo que durará, pero sí estaba muy claro que lo viviría y, si duraba poco, lo habría vivido y no le pondría fecha de caducidad.

Decidimos que, como Andrés se quedaría el fin de semana, prepararíamos la despedida para el sábado, que no daban lluvia y podríamos ir todos juntos a la aldea, así que estos días los seguiríamos disfrutando a nuestra manera.

Estos últimos días transcurrían muy rápidos, nadie quería que aquellas vacaciones terminasen, pero estaba claro que todo lo bueno termina y había que volver a la rutina y empezar la realidad a la que ahora nos enfrentábamos cada uno solo.

Estaba sola, absorta en mis pensamientos, cuando llegó Pedro.

—Ya he terminado la conversación —me dijo.

Pedro había quedado en llamar a su socio para contarle lo que había descubierto; no quería que le dijese nada a la hermana, mejor que lo resolviesen ellos solos sin nadie de por medio, porque igual era peor.

—¿Todo ha quedado entonces solucionado?

Me empezó a contar que había hablado con ella y que ya sabía la verdad, una verdad un poco a medias, pero que como ya estaba todo tan mal y deteriorado, ella no se lo había tomado tan mal y que también se estaba planteando su vida y hacer cosas que tenía pensadas y lo había dejado aparcado.

—Me alegro mucho por los dos, yo la conozco a ella, pero mejor terminar las cosas civilizadamente por el bien de los niños y de ellos mismos.

Estábamos en esta conversación cuando vimos entrar a Andrés muy ligero y móvil en mano. Supusimos por la cara que llevaba con quién estaría hablando, así que esa tarde esperaba poder hablar con él. Al día siguiente era la excursión y que él también pudiese disfrutar del día; al menos, si no estaba cien por cien, pero que ese momento le sirviese para evadirse y que se quedara con el recuerdo de aquellos días.

A él sería la persona que seguramente veríamos menos; a él y a los chicos, dependiendo de dónde hicieran la especialidad. Yo era consciente de que igual no nos volviésemos a ver.

Comimos todos juntos; el día tampoco acompañaba, con lo cual pensé que sería una tarde tranquila. Estábamos todos muy contentos, incluido Andrés, que después de verle la cara cuando llegó, le había cambiado bastante para mejor, con lo cual nos hizo esa comida muy amena donde hubo muchas risas.

Tenía a Pedro a mi lado y me sentía tan bien cada vez que me ponía su mano sobre mi rodilla; pensaba que todos se estarían dando cuenta de la cara de tonta que tendría e inconscientemente me sonreí.

Terminamos la comida y Andrés se levantó.

—Familia, esperadme en la sala, que voy en un momento, que os quiero decir una cosa.

Como éramos muy obedientes nos fuimos hacia allí. Pura y los chicos estaban un poco intrigados, Pedro y yo sabíamos más o menos de qué se trataría, pero tampoco nos imaginábamos qué nos quería decir y estábamos expectantes.

Mientras nos traían ese orujo para la digestión nos dijo Pura:

—Chicos, yo vine aquí por problemas personales y para tener mi mente ocupada me dediqué a mi *hobby* favorito, que es estudiar las diferentes clases de plantas y por aquí había mucha variedad, y cuando os conocí y empecé a trataros las he dejado un poco de lado, pero también he arreglado mis problemas, y deciros que he pedido traslado en mi trabajo y me lo han concedido en Huelva, así que me voy muy contenta, porque espero que esta etapa me traiga cosas diferentes y encuentre esa felicidad que tanto busco.

—Pues si estamos aquí confesándonos también quiero decir algo —nos dijo Juanjo—. Sabéis cómo llegué de mal aquí y con la gran mochila que traía a mi espalda y quiero daros las gracias, me habéis escuchado y aconsejado y hoy estoy aquí con mi amigo, que es como mi hermano, y hemos olvidado lo anterior y estamos aquí dispuestos a empezar de cero y también empezar esta nueva etapa que será nuestro futuro.

—¿Pero qué es? ¿Terapia de grupo? Pues también os voy a decir una cosa.

»Yo vine por trabajo y me quedé de vacaciones para disfrutar de este bonito sitio y disfrutar de algo que nunca imaginé que me sucedería y mucho menos aquí.

»He encontrado el amor, me he enamorado como un adolescente y no puedo ser más feliz.

—Pero ¿de quién te has enamorado? —le pregunto Antonio.

—Pues de esta persona que tengo al lado.

Todos me miraron mi cara de sorpresa, ni me imaginaba que diría eso.

Iban a empezar con las preguntas cuando escuchamos que ponían la música de cumpleaños feliz y entraron Andrés junto con Regla; llevaban una tarta donde vimos esos cuarenta y cinco añazos que suponíamos era de André.

Cantamos todos juntos y les abrazamos todos a la vez.

—Os he oído un poco lo que estabais hablando y sobre todo ese final que ha dicho Pedro. Alma, me alegro mucho y te lo tenías muy callado, pero todo irá bien, igual que me dices tú.

Aprovecharon todos para felicitarnos y abrazarnos. Lo pasé un poco mal, porque para estas cosas me da un poco de vergüenza.

—Venga, dejarse de besos que vamos a comernos esta tarta que me han hecho aquí y brindar, que para eso me gastado el dinero en un buen champán —y empezó a reírse.

Transcurrió todo con mucho cariño, hablábamos de todo y también recordábamos cosas de esos días que llevábamos allí; veíamos a Pura como si hubiese rejuvenecido y el resto igual, todos más guapos.

Nos mirábamos un poco extrañados, porque Regla no se separaba de Andrés y este no le quitaba ojos de encima, y esos ojos decían mucho.

—Quiero decir una cosa antes de seguir —dijo Andrés—. Hoy es mi cumpleaños, como he dicho, y he decidido pasarlo aquí con vosotros.

»Ya llevo mucho tiempo mal y mi matrimonio no funciona desde hace mucho tiempo. Yo aquí también encontré mucha paz y mucho tiempo para pensar y decidir; al igual que Pedro, también encontré el amor. No sé si esto es lo verdadero o era lo anterior, pero lo que es seguro es que tengo a unos hijos que por nada del mundo voy a abandonar, pero he encontrado una paz y serenidad que no tengo en casa.

»Me he enamorado de ella —y señaló a Regla— y no quiero perder esta oportunidad. No sé si es egoísmo, pero es una fuerza que me sobrepasa y estoy dispuesto a luchar por ello.

Nos quedamos sin palabras por ese momento, pero todos lo entendimos y sabíamos que eso puede pasar y nadie puede juzgar a nadie.

Pura fue la primera que habló:

—Andrés, yo te entiendo más que nadie; me enamore de un hombre que después se casó y, una vez casado, volvió. Me hubiese gustado tanto que él me lo hubiese dicho tan claro como lo estás diciendo tú; el amor mueve el mundo y no podemos luchar contra él.

»Sé feliz, que os lo merecéis los dos, pero, sobre todo, no os hagáis daño y terminar de la mejor forma, y sobre todo por esos niños que seguro te esperan.

»Así que brindemos por vosotros, y en nombre de todos, os deseamos lo mejor.

Regla había estado muy cortada, pero con el paso de la tarde se integró al grupo.

Los chicos se apartaron y ella se quedó con nosotras y estuvimos hablando; su madre y su hermana sospechaban algo, porque él venía ya demasiadas veces y siempre estaban juntos. La madre no lo entendía y su hermana la apoyaba.

Andrés había hablado con la madre y ya estaba más tranquila.

—Me he enamorado desde hace mucho tiempo, nos veíamos a escondidas y esos ratos eran maravillosos, pero yo no quiero seguir así, soy joven y quiero tener mi vida y no esconderme de nadie, quiero ser feliz y no sentirme mal por lo que estoy haciendo.

Las dos entendíamos esos sentimientos y, aunque a ninguna nos fue bien y nuestras experiencias nos habían causado daño, tampoco significaba que había personas reales y sinceras que se movían por sentimientos y eran totalmente sinceros con ellos.

Felicitamos a Regla y la animamos a que todo saldría bien, pero necesitaba ahora paciencia para que las aguas volviesen a su sitio y pudiesen empezar a formar ese hogar que tanto deseaban.

La fiesta duró, y hubo risas y también lágrimas, porque las vacaciones terminaban y había que volver a rutina y que todo fuese fluyendo para todos.

Nos despedimos todos felices, sabiendo que al día siguiente sería el día de decirnos adiós. Regla nos prometió que vendría con nosotros y juntos nos haríamos esa foto que todos grabaríamos en nuestras retinas y jamás olvidaríamos.

Nos quedamos los últimos, tomándonos la penúltima y comentando la jornada, para irnos juntos a dormir. No queríamos separarnos nunca y estos últimos días éramos esponjas, queríamos absorber todos esos momentos, y esos abrazos antes de dormir eran droga pura.

Quedamos todos en desayunar juntos y ya irnos a las piedras; al final todos nos iríamos el lunes. Andrés lo haría el domingo; en la última conversación él se había sincerado totalmente y habían hablado mucho, pero ella le pidió seguir cara a cara y a solas y llegar a un buen entendimiento por el bien de los niños y de ellos mismos, que tenían todo el derecho de rehacer sus vidas y ser felices.

El sábado sería un día emocionante y también sabíamos que sería seguro que igual no se volvía a repetir otra vez.

21

El día amaneció nublado; el sol no estaba demasiado brillante, pero lo que sí parecía claro es que no habría lluvia.

Bajé junto a Pedro y fuimos de los primeros; estaban ya Andrés junto a Regla, que hoy se tomaba el día libre, pero antes de irnos quería echarle una mano a su madre para el almuerzo y se había levantado temprano.

—Buenos días, chicos, qué madrugadores estáis —les dije.

—No quería dejar a mi madre con tanto trabajo y así la he ayudado a preparar; ya bastante disgusto tiene la pobre.

—No te preocupes, Regla, en cuanto vea que todo va por buen camino y, lo más importante, te vea feliz y también vea que Andrés está a tu lado y que ese amor sea verdadero, ella será feliz también.

—Todo irá bien, aunque al principio será un poco duro, pero soy tan feliz junto a ella que lo vamos a superar.

—Bueno, bueno, pero esto qué es ahora, ¿la casa del amor? —nos dijo doña Úrsula riéndose.

Como estábamos solos, nos dijo que, como madre, no quería que su hija lo pasase mal y que todo funcionara y, sobre todo, que funcionase y no hubiese arrepentimiento de ese paso tan grande que estaba dando.

—Todos tenemos derecho a una segunda oportunidad —nos dijo con lágrimas en los ojos.

Se marchó para traernos el café y nos quedamos comentando hasta que fue llegando el resto. Pura estaba pletórica y, aunque esto había sido su mejor medicina, también tenía muchas esperanzas puestas en su nueva vida y quería empezar cuanto antes y sentirse libre de aquellos sentimientos que nunca olvidaría, pero que los quería tener como recuerdos y que, como aquellos recuerdos, se quedasen en un rincón de su mente.

Los últimos en llegar fueron nuestros chicos, que venían un poco resacosos pero muy alegres; un buen café con un paracetamol solucionaba ese dolor de cabeza.

—Chicos, vamos a por nuestro último día aquí, ¿estáis preparados? —gritó Juanjo. Y todos empezamos a reírnos.

La alegría de esa juventud se notaba y nos contagiaba.

El desayuno fue largo y con bastante sobremesa pero había que levantarse y empezar el día.

Cogimos dos coches, el de Andrés y el mío, y nos repartimos.

Aparcamos en la entrada de la aldea y empezó nuestra despedida de aquel lugar que tantas cosas bonitas nos había regalado.

Si me pareció espectacular el primer día que lo vi, ese día, que habían pasado ya veinte más, me pareció más bello y enigmático. Es como si no lo hubiese visto nunca y fuese el primer día, pero lo veía con otros ojos.

Los chicos iban por delante y se les oía reírse y hablar muy alto, nosotras tres íbamos por detrás y estábamos más concentradas en nuestra conversación y, sobre todo, animábamos a Regla a que todo iba a salir bien.

Esas casas abandonadas que los primeros días me daban un poco de miedo porque parecía que me vigilaban desde dentro, ahora no me parecía así; era como si esas ventanas fuesen otras, y los ojos eran vivos y alegres, que ahora nos daban la bienvenida.

Fuimos haciendo fotos, algunas en grupo y otras por separado, lo que no faltaron fueron risas.

Llegamos hasta las piedras y empezamos a subir; el día se estaba poniendo más oscuro, pero deseando que la lluvia no hiciese acto de presencia. Al llegar arriba, y entre risa y risa, empezó a llover. Nos pusimos donde las piedras forman una puerta y allí, con muchas risas, esperamos a que dejase de llover. Todos repetimos lo que habíamos vivido en esos veinte días y dar gracias por ello.

La lluvia cesó y aprovechamos para ponernos en plan foto y hacerla en el grupo, cuál fue nuestra sorpresa cuando, al dejar de llover, apareció un rayo de sol y con el grupo formado hicimos una foto justo en el momento que fue muy breve donde apareció por detrás un arcoíris, el más bonito que había visto yo nunca. Nos abrazamos todos y disfrutamos de ese momento.

—Chicos, nos vamos, que la fiesta nos espera y sabíamos que la despedida sería dura...

Epílogo

Había pasado un año desde esa fiesta que organizamos en casa de doña Úrsula y no se me había olvidado ni un detalle de aquel día. Cómo había organizado doña Úrsula todo, con ayuda de Rosa y sus amigas, para darnos una gran sorpresa a todos y especialmente a Regla, para que ella se sintiese segura de que su madre la apoyaría y estaría a su lado siempre.

Tenía preparado todo: mesa, adornos, como si estuviésemos en una boda o en un cumpleaños; me hizo sentir como una niña y estuve tan feliz aquel día como hacía tanto tiempo que no lo sentía.

Llegar y encontrarnos todo aquello nos dejó sin palabras, todo lo típico de la zona estaba en esa mesa: mariscos, empanadas... Y para colmo, esa música un poco de allí y de nuestra época. Doña Úrsula, en secreto, se lo había currado pero bien currado, y de una comida que habíamos pensado se había convertido en una gran fiesta sorpresa. Cerraba los ojos y tenía todos los detalles en mi mente, y estaba convencida que jamás lo olvidaría.

Sabía que los chicos habían sacado muy buena nota en su examen de MIR y pudieron coger sitio en donde quisieron. Para estar juntos se habían marchado hacia Andalucía y estaban haciéndose cirujanos cardíacos en Sevilla. No estaban en el mismo hospital, cada uno en uno, pero vivían juntos y estaban muy contentos; ya conocían a mucha gente y el carácter andaluz les estaba encantando. Habían formado un grupo de chicos y chicas de los dos hospitales y disfrutaban y a la vez tonteaban.

Yo los veía poco, pero alguna que otra vez quedábamos y nos tomábamos algo. No queríamos perder esa amistad tan bonita que teníamos todos.

Pura estaba feliz no, superfeliz. El cambio laboral le había sentado de maravilla; nuevo sitio y nuevas responsabilidades le habían servido para sentirse segura de sí misma y tener derecho a encontrar esa felicidad que tanto deseaba y buscaba. Vivía en un piso pequeño cerca de la playa y había conocido a muchas personas en su trabajo; algunas estaban solas y fuera de su ciudad, como ella, y habían formado un buen grupo de amigos que hacían cosas juntos los fines de semanas. Como dice ella, estaba poniendo su vida en orden sin necesidad de ningún hombre al lado y estaba tan a gusto, así que por ahora no quería hablar de ellos y mucho menos de tener un compañero al lado.

De vez en cuando nos veíamos, o ella venía a Cádiz o yo a Huelva, y nos contábamos nuestras historias. La verdad es que no sé el porqué, pero nos había unido el destino y se había convertido en mi mejor amiga aunque nos viésemos poco, pero hablábamos casi todos los días.

Estuvimos hablando de Andrés la última vez que nos vimos. Andrés estaba todavía liado con los papeles del divorcio y los acuerdos, pero todo iba por buen camino, y lo más importante, veía a sus hijos con frecuencia. Los niños lo habían entendido y aceptaban a Regla como compañera de su padre.

Vivían desde hacía poco ya juntos en Pontevedra. Él seguía en su trabajo, aunque ahora viajaba menos, y ella seguía trabajando en la casa rural. Su familia estaba encantada de tenerla igual que antes, pero más feliz, por supuesto.

¿Y Pedro? Os preguntareis…

Se acabaron las vacaciones y nosotros empezamos una nueva vida y una bonita relación. No vivíamos juntos en el día a día, pero sí pasábamos temporadas juntos. Nuestros trabajos no estaban en el mismo sitio, pero intentábamos llegar el viernes e ir cada finde en una casa, unos en Sevilla y otros en Cádiz, y por ahora estábamos muy bien. Mi hija también lo había conocido y se llevaban muy bien, por lo tanto, por ahora no podía pedir más.

Estaba expectante para que llegara el otoño y ver si podíamos reunirnos todo el grupo, no tanto tiempo, pero al menos un fin de semana y darnos ese abrazo que tantas ganas teníamos.

La vida continúa…